大学生のための

# 文学レッスン

近代編

三省堂

# 今日、文学に出会う

文学を読むことは楽しい。そのことを実感してもらうために、本書はできました。

「面倒くさい」「難しそう」など、文学に嫌悪感を持つ人もいるでしょう。「ケータイがあれば、他のものは何もいらない」と言う人もいるはずです。もしそうだとすれば、あなたはまだ、文学を読む楽しさに出会っていないだけなのです。

たしかに、「面倒くさい」「難しそう」など、文学にはマイナスの形容がつきまといます。でも実は、文学の世界は無限の広がりを持っているものなのです。すばらしい愛も、残酷な出来事も、文学は言葉だけで表現します。だからこそ、あなたの中で、その愛のすばらしさが、あるいはこの上ない残酷さが、極限まで深められていくのです。

もちろん、他者にてプログラミングされたゲームで遊ぶことも楽しいでしょう。でももしかしたら、それをはるかに超える楽しみを、文学は私たちにもたらしてくれるかもしれないのです。自分の中でイメージが果てしなく広がっていく驚きを、一緒に体験してみませんか。

文学の言葉は、イメージの連鎖を生みだす力を持っています。日常生活では決して体験することのできない、この連鎖に出会うことも、文学を読む楽しみです。しかし、自分の中で豊かなイメージを連ねていくためには、ちょっとした練習が必要です。まずは、本書のLessonを通して、文学の言葉を読むという行為に慣れて下さい。そうすればしだいに、言葉の持つ力がわかってくるはずです。

では、Lessonに入る前に、少しだけ言葉の持つ力について考えてみましょう。残念ながら私たちは、他者のすべてを理解することはできません。でも、相手が発した言葉をもとに、その人がどのような人物なのか想像をめぐらすことはできます。出会いの場面においても、私たちは文学を読むように、相手の言葉を読み解こうとするのです。そして、相手に少しでも近づきたいと思うのならば、言葉の解読を続けていかなくてはなりません。もちろん、身ぶりなども伝達手段だといえます。しかし、人と人との関係において、決定的に重要なものは、文学と同じく言葉なのです。

さらに、もう少し例をあげてみましょう。ある人が自分の失敗談をあなたに話してくれたとします。失敗談だからといって、悲劇的な内容とは限りません。言葉の選ばれ方や表現のされ方によって、失敗談は教訓譚にもなりますし、ときには喜劇にもなりえます。

あるいは、あなたが何らかの事件について聞かされたとしましょう。同じ事件であっても、どこから目撃していたのかによって、話の内容も話され方も変わってくるはずです。駅前でおこった事件の様子を、電車の窓から見ていた場合と、駅ビルの屋上から見ていた場合では、視点が異なります。視点が変化すれば、使われる言葉や語られ方は当然違ってきます。逆にいうならば、言葉の使われ方や事件の語られ方を手がかりに、「どこから見ていたのか」を判断できるのです。

シャーロック・ホームズや金田一耕助など文学が生み出した名探偵は、しばしば容疑者の発言に注目し、真犯人を明らかにします。容疑者の言葉づかいの細部から、真犯人しか知りえない視点を読み解いていくのです。そして、このような名探偵の読解テクニックは、私たちが文学を読み解く場合の参考になります。

たとえ同じ世界や出来事であっても、語りのスタイルを変えることにより、全く異なる姿になってしまいます。これこそが、言葉だけで表現される文学の面白さです。本書をもとに、ぜひ語りのスタイルを読み解く方法を手に入れて下さい。そうすれば、作品それぞれが持つ独自の世界を発見することができるようになります。みなさんも「名探偵」になれるのです。

本書のLessonには、ふたつの役割があります。ひとつはみなさんに言葉の力に気づいてもらうこと、もうひとつはみなさんに読解テクニックを磨いてもらうことです。そのためLessonの内容は、事前に作品を読んだ経験がある人でも、読んだ経験がない人でも取り組めるものにしました。気楽に本書を開き、Lessonにチャレンジして下さい。きっとLessonの解説を読み終える頃には、扱われている作品をあらためて手に取りたくなるはずです。そうした気持ちになって読む時、作品は無限の楽しみを持った存在として、みなさんの前に立ちあらわれます。

私たちは文学の世界を色鮮やかにするため、本書に10のジャンルを設けました。でも、最初から順番に読まなくても大丈夫です。自分の興味に合わせて、好きなジャンルから入ってみて下さい。そして、10のジャンルをすべて踏破してもらえれば、これまで灰色でしかなかった文学の世界が、かならず色彩豊かなものになっているはずです。

# Contents


002 序章
今日、文学に出会う

011 Genre—恋愛

012 レッスン ① 山田詠美「ひよこの眼」
018 レッスン ② 三島由紀夫「潮騒」
024 レッスン ③ 樋口一葉「たけくらべ」

031 Genre—ファッション

032 レッスン ① 高村薫「マークスの山」
037 レッスン ② 川端康成「伊豆の踊子」
043 レッスン ③ 夏目漱石「それから」

051 Genre—学校

052 レッスン ① 谷川流「涼宮ハルヒの憂鬱」
058 レッスン ② 石坂洋次郎「青い山脈」
064 レッスン ③ 夏目漱石「三四郎」

071 Genre—家族
072 レッスン ① 角田光代「空中庭園」
078 レッスン ② 太宰治「斜陽」
084 レッスン ③ 志賀直哉「和解」

091 Genre—自然
092 レッスン ① 目取真俊「風音」
098 レッスン ② 有島武郎「カインの末裔」
104 レッスン ③ 国木田独歩「武蔵野」

111 Genre—異界
112 レッスン ① 桐野夏生「月下の楽園」
118 レッスン ② 谷崎潤一郎「秘密」
124 レッスン ③ 泉鏡花「高野聖」

131 Genre—病　い

132 レッスン ① 小川洋子「完璧な病室」
139 レッスン ② 太宰治「皮膚と心」
145 レッスン ③ 森鷗外「高瀬舟」

151 Genre—戦　争

152 レッスン ① 井上ひさし「父と暮せば」
158 レッスン ② 開高健「輝ける闇」
164 レッスン ③ 田山花袋「一兵卒」

171 Genre—外　国

172 レッスン ① 沢木耕太郎「深夜特急」
178 レッスン ② 有島武郎「或る女」
184 レッスン ③ 森鷗外「舞姫」

191 Genre―メディア

192 レッスン ① 村上春樹 「ねじまき鳥クロニクル」

197 レッスン ② 松本清張 「顔」

204 レッスン ③ 芥川龍之介 「蜜柑」

029 Column "I am a cat"

049 「読んでから観るか、観てから読むか」

210 書店という場

211 終章 文学を楽しむ
――あとがきにかえて――

215 編著者紹介（担当章一覧）

編集協力
用松美穂

本文組版・装丁
（有）オーポン 五味崇宏

Genre

# 恋　愛

●

レッスン

① 山田詠美「ひよこの眼」

② 三島由紀夫「潮騒」

③ 樋口一葉「たけくらべ」

Genre 恋　愛

レッスン ①

# 山田詠美「ひよこの眼」

これから山田詠美の「ひよこの眼」を題材に小説の世界へ飛び込んでいきましょう。「ひよこの眼」は1990（平２）年10月に「小説現代」に掲載された作品です。

山田詠美は、現代日本を代表する小説家の一人です。優れた恋愛小説の書き手として知られ、また短編小説の名手として確固とした評価を得ています。ここで取り上げる「ひよこの眼」は山田詠美が得意とする思春期の恋愛を扱った一編であり、また短編小説を読む楽しさを存分に感じさせてくれる作品でもあります。

簡単にストーリーを紹介しましょう。「ひよこの眼」の中心人物は、亜紀という中学３年生の女の子です。亜紀のクラスに相沢幹生という男の子が転校してきました。ちょっと大人びた雰囲気をもっている幹生は、亜紀にとって気になる存在となります。亜紀が幹生を気にしているということはクラスでも噂となり、クラスメートに推薦されて２人は文化祭実行委員を務めることになりました。実行委員会が終わったある日、幹生と亜紀は2人きりで帰ることになりました。２人は「何組かの恋人たち」がいる公園で、「お互いに好きだ」という気持ちを伝え合います。しかし2人は、「肩を寄せ合うこと以外にどうして良いのか解らない」ままです。

それでは、以上を念頭に、次のLessonに挑戦してみて下さい。なお、「私」と出てくるのは、中心人物の亜紀のことです。

---

## ● Lesson 1

空欄には体の一部を表す語が入ります。上記のストーリー紹介をふまえ、何が入るか考えて下さい。

私は、幹生の（　　）に触れた。

---

さて、何が入ると思いますか。たとえば「髪」だったら、2人のどんな姿が思い浮かびますか。「耳」だったら、どうでしょう。また、「唇」であれば、ぐっと情景が具体的になってきませんか。もし、「足」や「足首」なら、どのような恋愛になるでしょう。日本の小説家でいえば、「富美子の足」や「痴人

の愛」などで知られる谷崎潤一郎が好んで描いた世界を想起させることになるかもしれません。

では、正解を。「手」、それが正解です。なぜ「手」なのでしょう。特に理由などなく、適当にこの言葉が置かれただけだと思いますか。たしかに、こんな些細な箇所に立ち止まらなくても、「ひよこの眼」のストーリーを追うことは可能です。しかし、「手」に必然的な理由があると考えることもできます。

「手」。それは中学生という年齢に見合った恋愛を表象しています。また、2人にとっての恋愛が単なる恋愛ではなく、恋愛の自覚すらおぼつかない初恋であることを伝達する比喩としても機能しています。

作品全体から見てみると、「手」は何気ない一語に過ぎません。「ひよこの眼」のストーリーを要約するのなら、こぼれ落ちてしまう一語です。しかしこの言葉は、亜紀と幹生の恋愛の表象あるいは比喩として、テキストの中で無視することのできない役割を担っているのです。空欄に入れる語は、「手」でなくてはならない論理があるのだといえます。

文学作品を読むとは、いったいどのような行為なのか。それを考えるきっかけを、「ひよこの眼」は私たちに与えてくれそうです。「私は、幹生の手に触れた」という一節の続きを見ながら考えてみましょう。

## ● Lesson 2

空欄を補うのに適当な表現を考えてみて下さい。

私は、幹生の手に触れた。彼は、私の手を握り、そのまま自分のジャケットのポケットに押し込んだ。私たちは、顔を見合わせて笑い出した。彼は、すまなそうにいった。

「(　　　　)けど……」

私は、力を込めて彼の手を握り返した。幸せだった。笑い続けていた。

さて、どのような表現を補いますか。「臭い」や「汚い」だったら、がっかりしてしまいます。せっかく紡ぎ上げてきた恋愛の世界が台無しです。しかし「温かい」なら、2人の恋愛の微笑ましい行く末が見えてくる気がします。また、「熱い」だったらどうでしょう。2人の恋愛の情熱的な展開を期待させます。そう、この空欄に入る表現は、2人の恋愛がどのように展開していくかを示唆する比喩となるのです。

読者は「次はどうなるのか？」と期待しながら、物語の世界にひきこまれていきます。「続きを読みたい」と思わせる物語こそ、力のある物語なのです。他方で小説の言葉は、暗黙のうちに「次はこうなるのでは」という示唆を読者に与えています。その示唆的な表現が無駄なく積み重なっていくからこそ、優れた物語は説得力をもつのです。

Lesson 2の空欄に入る表現は、「ちょっと、狭い」です。幹生は、自分の「ジャケットのポケット」が「ちょっと、狭い」ことを認識しています。彼は「すまなそう」です。でも、亜紀は「力を込めて彼の手を握り返し」ます。2人の恋愛には、すでに何らかの行き違いがありそうです。

さらに、末尾を見て下さい。「幸せだった。笑い続けていた。」とあります。主語が欠けています。「幸せ」なのは、2人なのか、それとも「私」だけなのか。「笑い続けていた」のは「私」だけなのではないか。そんな気がしてくる一節です。

「ひよこの眼」の恋愛の結末が気になった人はぜひ作品を手に取って下さい。「ちょっと、狭い」が示唆する恋愛がどのようなものなのか、きっとわかるでしょう。しかし「ひよこの眼」を読む時には、そのようなストーリーばかりを追うのでなく、もう一つ注意してもらいたいことがあります。それは、「ひよこの眼」というタイトルが比喩するものです。

もし、文学作品のストーリーのみを知りたいのなら、わざわざ作品そのものを手に取る必要はありません。情報としてweb

上に溢れる要約を見るだけで充分です。しかし、要約を知ることと、作品そのものを読むこととは決定的に異なります。

文学作品は、無数の言葉で織り成された織物のようなものです（よく、「テキスト」という用語が使われます)。書かれたひとつひとつの言葉は、何らかの論理によって結びつき、テキストを構成します。したがってテキストを構成する言葉に無駄なものはありません。何らかの論理的必然性によって、テキストを織り成すひとつひとつの言葉は選択されているのです。

ストーリーとは、言葉と言葉が論理的に結びついた結果のひとつでしかありません。言葉と言葉を結びつける論理を無意識に享受している限り、読者はストーリーを楽しむことしかできません。しかし、ストーリーという結果をもたらす、言葉を結びつける論理に意識的になった時、文学作品は多彩で細やかな模様をもった織物に変わります。無限の楽しみを内に秘めたテキストとしての姿を私たちの前にあらわします。

「ひよこの眼」は、その表題からして、優れて象徴的なテキストです。そのストーリーを追うだけでなく、「ひよこの眼」というテキストを構成するひとつひとつの言葉に注目して欲しいと思います。

※本文中の引用は、山田詠美『晩年の子供』講談社文庫（講談社、1994年)による。

Genre 恋 愛

レッスン ②

# 三島由紀夫「潮騒」

小説を読むことは、物語を楽しむことです。しかしそれだけではありません。前項の「ひよこの眼」を通して私たちは、小説を読むことが、ほかならぬ小説の言葉ひとつひとつを読むことであることを確認しました。次に取り上げるのは三島由紀夫の「潮騒」です。1954（昭29）年9月に書き下ろしの長編として新潮社から刊行されました。

「潮騒」は典型的な恋愛物語として知られています。2年前にギリシアに旅行に行った三島はギリシアに魅了され、古代ギリシアの恋愛物語「ダフニスとクロエ」を下地にした作品を構想しました。それが「潮騒」です。

1954年に発表された作品と知って、「古い」小説だと拒否感を覚えた人もいるでしょう。しかし「潮騒」が元にした物語は、何と古代ギリシアの物語だったのです。1954年当時の読者にとっても、「潮騒」の物語は「古い」ものだったはずです。それにもかかわらず、この作品は多くの読者に受け入れられ、何度も映画化されました。

「潮騒」の物語は、古代ギリシア以来、繰り返し語られてきた典型的なものにすぎません。しかし、次のような箇所に、この典型的な物語の魅力を考えるヒントが隠されています。

では、Lessonです。

---

## ● Lesson 1

次の一節は、「潮騒」の2人の中心人物が出会う場面です。「若者」と「少女」という表現が持つ効果について、考えてみましょう。

若者はわざわざ、少女の前をとおった。子供がめずらしいものを見るように、正面に立ってまともに少女を見た。少女はかるく眉をひきしめた。目は若者のほうを見ずに、じっと沖を見つめたままであった。

---

読者を物語に引き込むためには、さまざまな演出が必要です。中心人物をどのように登場させるのか、人びとをいかに出会わせるのかなど、作者には綿密な演出をする技術が求められ

ます。

日本の近現代文学者の中でも三島由紀夫は、この技術にきわめて優れた作家です。三島は幼い頃から歌舞伎をはじめとする古典芸能に親しみ、深く広い知識と経験を持っていましたが、三島作品の魅力的な演出の背景には、このような作家の生い立ちが隠れています。

小説の中には、「三輪俊介《しゅんすけ》はいつもように思った。」（小島信夫「抱擁家族」）のように、いきなり中心人物の固有名から始まる作品もあります。しかし、「潮騒」の場合、中心人物の2人は、当初は「若者」「少女」と記され、「新治」「初江」という名が読者に知らされるのは、第一章の末尾になってからなのです。では、この演出を通して、三島由紀夫はどのような効果を目指したのでしょうか。

ヒントは「潮騒」の物語が、くりかえし語られてきた典型的なものだということです。典型、すなわちそれはある種の普遍性を兼ね備えた物語なのです。だからこそ「潮騒」は、21世紀に入ってからも多くの読者を獲得し、文庫本として版を重ね続けています。

人物を「若者」「少女」と提示することで生まれる効果として、すぐに思いつくのは、人物から個性が失われてしまうというデメリットです。登場人物の個性を描き分けること、それが近代リアリズム小説の王道でもありました。他方、人物から名前や個性を削ぎ落としてしまうことで、その人物は普遍性を獲得します。神話の登場人物のようになるといってもよいでしょう。神話を古臭いものと思わないで下さい。21世紀になっても、映画やドラマの中、そしてゲームやアニメ・マンガの中で神話は再生産され続けています。神話の普遍性は失われていません。そして、そのような普遍性を活かして紡ぎ出されたテキストが、「潮騒」だったのです。

「潮騒」の魅力、それは物語の内容そのものというよりも、物語の提示のされ方、語られ方にあるのではないでしょうか。テキストには、物語を提示するために絶対必要な存在があります。それは語り手です。「潮騒」の語り手は自由自在に視点を移動させることで、読者を飽きさせません。

次のような問題を考えてみましょう。

## ● Lesson 2

次の一節では、「新治」をあらわす表現が3種類(「若者」「彼」「新治」)使われています。その効果について、考えてみましょう。

若者は安心して吐息をついた。彼の微笑した白い歯は闇の中に美しく露われた。急いで来たので、少女の胸は大きく息づいていた。新治は沖の濃紺のゆたかな波のうねりを思い出した。

---

さてこの部分ですが、3種類の表現を使わずに、すべてを「若者」や「新治」に統一しても意味はもちろん通じます。しかし「潮騒」の語り手は周到に呼称を選択し、短い一節の中で、中心人物の呼称を転換しています。

さらに注目すべきは、呼称の変化の順番です。呼称は「新治」から「若者」へではなく、「若者」から「新治」へと変わっているのです。このプロセスには、語り手の戦略が隠されているといえるでしょう。

語り手は神話的な「若者」を「新治」へと変換していくことで、読者を近代小説的な読みへと誘っているのです。だから「潮騒」の読者は、新治の視点や心情を自分のものとしてすんなりと受け止めてしまうのです。

引用部分では、新治の眼を通して「少女の胸」が「ゆたかな波のうねり」として描かれていました。「少女の胸」＝「ゆたかな波のうねり」という描写には、少なくとも二通りの解釈が許されるでしょう。ひとつは神話的な読み方。人物（神）と自然を一体のものとして表象する、あの神話的な世界をここに見いだすことができます。もう一つは、近代リアリズム的な読解。「胸」を「ゆたか」と認める新治の眼差しに、性的な視線を感じ取る読み方です。

「潮騒」の語り手は絶妙に視点を移動させ、人物の呼称を転換させていくことで、読者を神話と近代小説という二つの世界に巻き込みます。読者はその物語を神話としても、リアリスティックなものとしても享受することができるのです。「潮騒」の魅力、その一つは物語を紡ぎ出す戦略に優れている語り手の存在にあったのです。

登場人物をどのように提示するか。それはテキスト全体に影響を及ぼす、とても大事な視点です。「潮騒」は、その点できわめて戦略的なテキストといえます。そもそも中心人物の名が、「新治」と「初江」なのです。これ以上初恋に相応しい呼称はないでしょう。では、「治」と「江」はどのような意味を持っているのか。ぜひ「潮騒」全体を読んで、考えて下さい。

※本文中の引用は、三島由紀夫『潮騒』新潮文庫（新潮社、2005年）による。

Genre 恋　愛

レッスン ③

# 樋口一葉「たけくらべ」

ここで扱うのは、樋口一葉の「たけくらべ」です。1895（明28）年1月から翌年1月まで、断続的に「文学界」に連載されました。今から100年以上前、日清戦争が終わった頃の作品です。この時期になると、二葉亭四迷の「浮雲」などの影響を受け、言文一致体で小説を書こうとする作家も出てきていました。しかし、「たけくらべ」の言葉と文章は、どちらかというと古文に近く、近代よりも近世の色合いが濃いのです。しばしば一葉作品の「現代語訳」が小説家や詩人により挑戦されていますが、その理由はここにあります。もちろん、「現代語訳」を手に取って、「たけくらべ」の物語世界に浸ってみるのも、楽しい読書体験となるでしょう。しかし、ここでは、原文に触れてもらいたいと思います。

この章でこれまで私たちは、小説の言葉そのものを読むことの大切さを確認しました。物語世界は、テキストを織り成すひとつひとつの言葉を通して私たちにもたらされます。しかし、物語世界はテキストの世界の一部でしかありません。だからこの項では、一葉が書いた言葉そのものに触れて、「たけくらべ」

というテキストの豊かさを知ってもらいたいのです。

## ● Lesson 1

次の一節を読み、どこからどこまでが会話文なのか、そしてその会話の話し手が誰なのか、考えてみましょう。

龍華寺の信如、大黒屋の美登利、二人ながら学校は育英舎なり、去りし四月の末つかた、桜は散りて青葉のかげに藤の花見といふ頃、春季の大運動会とて水の谷の原にせし事ありしが、つな引、鞠なげ、縄とびの遊びに興をそへて長き日の暮るゝを忘れし、其折の事とや、信如いかにしたるか平常の沈着に似ず、池のほとりの松が根につまづきて赤土道に手をつきたれば、羽織の袂も泥に成りて見にくかりしを、居あはせたる美登利みかねて我が紅の絹はんけちを取出し、これにてお拭きなされと介抱をなしけるに、友達の中なる嫉妬や見つけて、藤本は坊主のくせに女と話をして、嬉しさうに礼を言つたは可笑しいでは無いか、大方美登利さんは藤本の女房になるのであらう、お寺の女房なら大黒さまと言ふのだなどゝ取沙汰しける、信如元来かゝる事を人の上に聞くも嫌ひにて、苦き顔して横を向く質なれば、我が事として我慢のなるべきや、夫れよりは美登利といふ名を聞くごとに恐ろしく、又あの事を言ひ出すかと胸の中もやくやして、何とも言はれぬ厭やな気持なり、……

「たけくらべ」の「七」の冒頭部分です。信如《しんにょ》と美登利《みどり》という２人の中心人物が、お互いを意識し始める場面です。初恋の始まりとでもいえばよいでしょうか。同じ学校に通う少年と少女の、後に淡い恋心へと発展していく心の萌芽が見て取れる場面です。どうですか、読み取れましたか。

「恋心も何も、何を言っているのかよくわからない」と思った人もいるでしょう。もっともな感想です。「たけくらべ」の文章には、私たちが自明と思い込んでいる文章上の仕掛けがありません。だからとても読みにくいのです。

引用部分をもう一度見てみましょう。文を終わらせる句点がなく、つながっていきます。あまりにも長いので引用は途中までにしましたが、現在の文庫本を見ると、「七」の冒頭から約1200字に渡って文が終わらないのです。

また、語り手の位置が自在に変化することも、文章を読みにくくしている原因の一つです。引用部分の冒頭、中心人物を「二人ながら学校は育英舎なり」と紹介したと思ったら、季節の紹介に話題が移ります。それにつれて語り手が誰に焦点を合わせているのかも曖昧となり、主体不在のまま「長き日の暮るゝを忘れし」と語られます。「忘れし」の主体を確定することはできません。次に突然、語り手は信如に焦点を合わせます。ついで視点は美登利に移り、さらに「友達の中なる嫉妬や」へと移動していくのです。語り手の位置の変容に読者は振り回され、確固とした物語を捉えられないような気持ちになっていきます。自分が何を読んでいるのかわからないという感覚に陥るのです。

しかも、「たけくらべ」には、会話文の範囲を視覚的に明示するカギ括弧「　」が見当たりません。読者は、長い文章を自分自身で分節化して、今読んでいる部分が「語り手の語り」（＝地の文）なのか、それとも「登場人物の声」（＝会話文）なのか、判断していかなければならないのです。

テキストの作成者（小説家だけとは限りません。たとえば編集者もテキストの制作において大切な役割を果たしています）が、あらかじめ付してくれた記号に則って読むことに慣れた人は、「たけくらべ」の文章にただただ苛立つばかりでしょう。たとえば、「　」という記号さえあれば、「語り手の語りなのか、登場人物の声なのか」一生懸命に考えなくても、物語を享受することができるはずです。しかし「たけくらべ」の文章は、記号に頼る受動的な読書を許しません。読書という行為が能動的なものであることを、「たけくらべ」の文章は伝えているのです。

テキストとは、書かれただけでは存在しないに等しいものです。テキストを構成するひとつひとつの言葉が、読まれてはじめてテキストは存在するのです。したがって読者もまた、テキストの制作者といえます。「たけくらべ」は、読者が積極的に関わらなければ、その物語世界を開示してくれません。「たけくらべ」の言葉たちは、読者であるあなたに積極的に読まれることを待ち望んでいるのです。

ここでLesson 1について、おおよその解答を提示することは可能です。しかし、どのように「　」を付すかによって、物語の世界は異なったものになってきます。「　」を付ける、その何気ない行為が小説の言葉たちに動きを与え、物語世界に異なった色彩を与えることになります。

唯一の正解は、テキストが内包する物語世界の可能性（多様な読みの可能性）を抑圧してしまいます。したがって、ここでは正解を提出することはしません。能動的な読書行為でしか手にすることのできない喜びを、読者ひとりひとりが物語世界の制作者となる喜びを、みなさんに感じてもらいたいからです。

※本文中の引用は、樋口一葉『にごりえ・たけくらべ』（岩波書店、1999年）による。

Column

# “I am a cat”

“I am a cat”という一文があります。みなさんなら、どのような日本語に訳しますか。

“I” ＝「私」、“a cat” ＝「猫」、動詞は常体の表現を使って、「私は猫だ」という訳文を作った人もいるでしょう。

しかし、もう少し考えてみて下さい。日本語の表記法は、漢字だけではありません。ひらがな、カタカナ、場合によってはアルファベットも使います。また、助詞や文末表現を省略することも可能です。「わたし、ネコ」も、“I am a cat”の訳文だといえます。

さらに、一人称のバリエーションも豊富です。“I”の訳語は、この主体の性別や年齢、所属する社会階層などによって変わってきます。

どのような一人称を選びましょうか。「僕」「オレ」「あたし」「うち」「拙者」「本官」……etc、いろいろ浮かんできますね。「俺はネコだぜ」と「あたし、ねこちゃんなの」では、イメージされる主体がずいぶん異なるはずです。一人称の選択、表記、助詞や文末表現の組み合わせは、思いのほか多くの情報を伝えるものだといえます。

では、「吾輩は猫である」という組み合わせからは、どのような情報を読み取ることができるでしょうか。夏目漱石は人間社会を観察する辛辣な猫の物語をこの一文で書き始めました。もちろん、作品のタイトルも同じく「吾輩は猫である」（1905年～ 1906年）です。

「名前はまだない」。小さな生き物なのにもかかわらず、飼い主を「御両人は結婚後一カ月も立たぬ間に礼儀作法などと窮屈な境遇を脱却せられた超然的夫婦である」と批評する語り手。その一人称としての「吾輩」は、なかなかおもしろい選択だといえるのではないでしょうか。

**考えてみましょう！**

| I | | a cat | am |
|---|---|---|---|
| 私 | は | 猫 | だ |
| わたし | | ねこ | よ |
| ワタクシ | ガ | ネコ | デゴザイマス |
| | | | |
| | | | |
| | | | |

Genre

# ファッション

●

レッスン

① 高村薫「マークスの山」

② 川端康成「伊豆の踊子」

③ 夏目漱石「それから」

Genre ファッション

レッスン ①

# 高村薫「マークスの山」

みなさんは、ファッションに注目して小説を読んだ経験はありませんか。

たとえば、高校が舞台の小説があるとしましょう。主人公の女子高生の制服の着こなしは、彼女の性格やクラスでの位置などをあらわす記号となります。

校則どおりのスカート丈は、真面目なクラス委員。カラーリングを繰り返したせいで、触ったら崩れ落ちそうな茶髪の持ち主には、担任からの生活指導だけでなく、髪の傷みも恐れない気の強さがあるはずです。学校案内のモデルのような制服姿でありながら、数十万円もするシャネルの腕時計が手首で光っている生徒がいます。この腕時計は、彼女の家が裕福だという記号にもなりますが、場合によっては、高収入のアルバイトをしているという彼女の秘密をほのめかす記号にもなるのです。

もちろん物語の中で、「明るい少女」「スポーツ万能な少年」といった直接的な形容表現で、登場人物について説明されることがあります。しかしそれだけではなく、ファッションをはじめとする物語に散りばめられた記号も、読者に多くの情報を提示してくれているのです。これらの記号に注目して読みをすすめていくと、小説のおもしろさはさらに広がっていきます。

この項では、高村薫の「マークスの山」を題材にしてみましょう。高村薫は、サスペンスやミステリーの要素を盛り込みながら、現代日本社会の姿を描く作家として、読者の支持を集めています。とくに『マークスの山』(1993年)は、直木賞受賞作であり、高村薫への評価を決定づけました。1995年には映画化、2010年にはテレビドラマ化もされました。また、高村薫は文庫化にあたり、全面改稿することでもよく知られています。この項では、2003年に、講談社文庫として出版された「マークスの山」を使います。

秋の南アルプスで、両親と死に別れた10歳の少年がいました。成長していくにつれ、〈山〉の幻影は、少年の心身の傷をより深めていきます。そして、彼は、唯一の理解者であった恋人さえも追いつめてしまう、数々の事件に関わっていくことになるのです。「マークス」とは彼が名乗る別名、そして、この名のアルファベット表記「M・A・R・K・S」は、数年前にある大学生たちが起こした事件へとつながっていきます。

「マークスの山」は長編小説ですが、長さを感じさせません。その理由は、ミステリー形式がとられていることにあります。読者は、物語の中で事件を追う刑事に同化し、自分も推理しながら、時間を忘れて読み進めることができるのです。

「マークス」の事件、および「M・A・R・K・S」たちの事件を追う刑事の名は、合田雄一郎《ごうだゆういちろう》といいます。『照柿《てりがき》』(1994年)、『レディ・ジョーカー』(1997年)、『太陽を曳《ひ》く馬』(2009年）など、その後の高村作品でも活躍する合田雄一郎が、はじめて登場したのは、夏の東京でした。

「薄ぼんやりした埃の被膜」のかかった日差しの中、佐野という名の刑事たちは、汗をかきながら廃品解体工場へ捜査に向かいます。すると、工場の正門前にパトカーが1台止まっており、「ボンネットに尻をひっかけて」タバコを吸っている若い男がひとりいました。

---

## ● Lesson 1

空欄には、足元のファッションアイテムが入ります。何が入るか考えて下さい。

男は白い半袖の開襟シャツに（　　　）という涼しげな軽装で、よもや同業者ではないだろうと思ったそのとき、男は白熱の空を仰ぎ、指先でタバコの灰を軽くはじき飛ばすやいなや、「おい」と佐野たちのほうへ顔を振り向けた。

---

さて、足元のファッションアイテムとして、何が思い浮かぶでしょう。「男」という設定ですから、ハイヒールやミュールといった選択肢は入りそうにありません。足元を彩るものは、靴、サンダル、下駄、スリッパなど多くの種類がありますが、「涼しげな軽装」という印象を与えるものは何か。たとえば、足元が「黒いショートブーツ」では、暑苦しすぎます。

また、パトカーのそばにいながらも、「刑事なのか、刑事ではないのか」と疑問を持たれてしまう合田雄一郎をあらわす記号として、「茶のビジネスシューズ」はふさわしくありません。

では、正解を。「白いスニーカー」、これが正解です。光を反射する白という色は、どの色よりも「涼しげ」な印象を与えますし、動きやすいスニーカーとはまさに「軽装」の代表といえます。ですが、その一方で、捜査で歩き回り、足元を汚さざるをえない刑事にとって、「白いスニーカー」とは、非合理的なファッションアイテムなのです。だからこそ、佐野刑事たちに「よもや同業者ではないだろう」と感じさせたのでした。

さらに、廃品解体工場の中の「白」という記号の効果を想像してみて下さい。黒く汚れ壊れた家電製品を背景に、「白」をまとった人物がいる。そこだけに、スポットライトが当たっているかのような登場の仕方は、「男＝合田雄一郎」が「マークスの山」の重要人物であることを指し示しているのです。

合田雄一郎は、職務上、変装が必要な場合を除き、つねに「白いスニーカー」を履いています。これは、「マークスの山」に続いて書かれた作品の中でも共通している記号です。

学生時代からスポーツで鍛えてきた合田雄一郎は、なかなかスタイルの良い人物ですが、スーツの足元が「白いスニーカー」というセンスはあまり優れたものではありません。しかし、彼は「白いスニーカー」を履き続ける。なぜだと思いますか。

合田雄一郎には、ある習慣があります。それは、1日の終わりに、風呂場でスニーカーを洗うことです。この習慣は、彼の神経質さをあらわしているともいえますが、それだけではありません。「白いスニーカーの汚れ」は、「捜査の難しさ」をはじめ、さまざまな象徴として物語の中で機能しているのです。

スニーカーをブラシで擦りながら、今後の捜査について頭の中を整理する合田雄一郎がいます。学生時代の友人や別れた恋人のことを、思い出す時もあります。また、刑事という職業への違和感を噛みしめる日もあります。

一度汚れてしまった「白いスニーカー」は、決してはじめの「白いスニーカー」には戻らない。しかし、合田雄一郎は洗い続けるのです。ぜひ、「マークスの山」を入り口に高村薫作品を読み、このことの意味を考えてみて下さい。

※本文中の引用は、高村薫『マークスの山』講談社文庫（講談社、2003年）による。

Genre　ファッション

レッスン ②

# 川端康成「伊豆の踊子」

物語には、さまざまな構成要素があります。たとえば、英語でよくいわれる、5W1Hです。誰を登場人物にするのか。その登場人物は何をするのか。いつ、どこで、どのような出来事が起こるのか。なぜ、起こったのか。これらの要素は、物語を読み解くうえで基本となる情報です。

さらに、読者を物語に巻き込んでいく要素として、「障害」の存在も重要だといえます。「障害」とは、登場人物の心身の自由を拘束するもののことです。

例をあげてみましょう。主人公の高校3年生が大学入試会場に向っているとします。「例1：その後、道に迷うこともなく、予定通り、試験開始の1時間前に会場に到着した。」という物語に、読者は魅力を感じるでしょうか。

たとえば、「例2：その後、会場に向かう途中で、バスが渋滞に巻き込まれてしまった。ようやくバス亭に到着したが、さっきまで持っていた大学までの地図がどうしても見当たらない。下を向いて鞄の中を探していたら、小学生の集団がぶつかってきた。ようやく会場にたどり着いたのは、試験開始の3分前だった。」という物語の方が、主人公の「焦り」に同化しながら、読みすすめることができると思いませんか。

例1の場合、「障害」は「試験の開始時間というルール」だけで、この「障害」は簡単に乗り越えられています。一方、例2の場合は、「渋滞」「焦り」「緊張」「地図の紛失」「小学生の集団」「試験の開始時間というルール」といった複数の「障害」があり、それぞれの「障害」に対して、「乗り越えられるのか」、それとも「乗り越えられないのか」という起伏をつけることができます。この起伏は、物語のおもしろさを支えるもののひとつです。

この項では、川端康成の「伊豆の踊子」(1926年)を取り上げますが、この短編小説も「障害」に満ちています。そして、登場人物のファッションは、「障害」を示す記号となっています。

「伊豆の踊子」は、秋の伊豆半島を舞台とした出会いと別れの物語です。20歳の「私」は学校の休みを利用し、ひとり旅に出ます。その途中、天城峠《あまぎとうげ》の茶屋で、「私」は旅芸人一行と同席し、そこから下田にむけて一緒に旅をすることになります。

旅芸人一行は、栄吉という男を中心とした5人づれです。「私」は、栄吉の妹である14歳の薫に心魅かれていきますが、ふたりの関係は、五目並べをしたり、言葉を交わしたりする以上のものにはなりません。下田港から汽船で東京に戻る「私」を、薫は「唇をきっと閉じたまま」見送るのでした。

「伊豆の踊子」の冒頭、「私」のファッションが次のように紹介されます。「高等学校の制帽をかぶり、紺飛白《こんがすり》の着物に袴《はかま》をはき、学生カバンを肩にかけていた」、足元は「朴歯《ほおば》の高下駄《たかげた》」です。

伊豆半島の山道を旅するにあたり、このファッションはふさわしくないと思った人もいるかもしれません。しかし、「伊豆の踊子」が発表されたのは、1926年です。「私」の姿は、この時期の「20歳の高等学校の学生」のファッションとして典型的なものでした。

「紺飛白」は、汚れが目立たない丈夫な普段着、その上に動きやすいようズボン状の袴をはく。また、高硬度の木材である朴で作られた下駄は実用的な履物でしたが、それが「高下駄」となると、少々意味合いがかわってきます。歯が上下に長い「高下駄」は、履くと背が高く見えるアイテムでしたが、やはり歩きにくい。しかし、それを我慢して履きこなすことこそがおしゃれであり、高等学校生としてのプライドだったのです。

そして、プライドは頭の上にも見られます。「私」の通っている学校は、川端康成も卒業した旧制第一高等学校です。現在、この学校が東京大学教養課程と名前を変えていることからわかるように、エリート校中のエリート校でした。「高等学校の制帽」とは、「私」の社会階層をあらわす記号です。将来を約束されたエリートであること、最高の教育を受けられるだけの経済力があることの可視化なのです。

「私」は「高等学校の制帽」というエリートの冠をいただいていますが、では、薫はどうでしょうか。「伊豆の踊子」の中では、薫は「不自然な程美しい黒髪」や「美しく光黒眼がちの大きな瞳」の持ち主であると描かれるだけです。彼女の社会階層を記号化したファッションアイテムは登場しません。

しかし、より直接的なかたちで、薫たち旅芸人が社会の最底辺に位置する存在であることが示されます。一緒に旅をしながら、「私」と薫たちは、決して同じ宿には泊まりません。栄吉が遊びに来ていることを目にすると、「純朴で親切らしい宿のおかみさん」は「あんな者にご飯を出すのは勿体ないといって、私に忠告」します。また、下田に向かう途中、ところどころの村の入口には、「物乞い旅芸人村に入るべからず」という立札が立てられているのです。

もうみなさんには、「伊豆の踊子」の「障害」が見えたのではないでしょうか。そう、「私と薫の社会階層の違い」という「障害」が、この物語を貫いているのです。では、ここまでの説明を参考に、次のLessonを考えてみましょう。

---

## ● Lesson 1

空欄に入る表現として、最も適切なものを選んで下さい。

その次の朝八時が湯《ゆ》ヶ《が》野《の》出立《しゅったつ》の約束だった。私は共同湯の横で買った鳥打帽《とりうちぼう》をかぶり、高等学校の制帽を[　　　　　]、街道沿いの木賃宿《きちんやど》へ行った。

1：温泉宿の子どもにあげてしまって

2：宿のくず籠に投げ捨ててしまって

3：カバンの奥に押し込んでしまって

4：はっきりと目立つよう手に持って

---

このLessonを考えるにあたってのポイントは、「私」が「障害」をどのようにとらえているかです。「純朴で親切らしい宿のおかみさん」をはじめ、さまざまな登場人物たちは「私」に「障害」の存在を教え、忠告をします。

しかし、「私」は旅芸人たちとの旅をやめません。薫に魅かれ、「障害を乗り越えたい」という気持ちを募らせていきます。だからこそ、旅の途中で、「高等学校の制帽」＝「私と薫の社会階層の違いをあらわす記号」を脱ぎ、「鳥打帽」をかぶるのです。「伊豆の踊り子」が書かれた時代、「鳥打帽」とは、薫たちと同じく旅をしながら生活をする商人の記号となるファッションでしたから。

では、脱いだ「高等学校の制帽」を「私」はどうするでしょうか。せっかく、新たな記号を身につけたのですから、選択肢４のようには持たないはずです。

ここで、先ほど紹介した「伊豆の踊子」の結末を思い出して下さい。「私」は、下田で薫たちと別れ、東京へ戻っていきます。もし、旅の途中で「高等学校の制帽」を他人に「あげたり」、「投げ捨てたり」していたら、東京に戻ることができるでしょうか。「私」は「障害を乗り越えたい」と思いながら、「障害を乗り越えない」のです。そのような彼にふさわしい行為は、やはり選択肢3「カバンの奥に押し込んでしまって」だといえます。

では、「鳥打帽」はどうなるのでしょうか。じつは、下田での別れの場面で、「鳥打帽」は重要な記号として機能します。「私」にとって、薫がどのような存在だったのかを伝える記号です。ぜひ、「伊豆の踊子」を手に取り、「鳥打帽」という記号を読み解いてみて下さい。

※本文中の引用は、川端康成『伊豆の踊子』新潮文庫（新潮社、2003年）による。

Genre ファッション

レッスン ③

# 夏目漱石「それから」

「夏目漱石」と聞いて、みなさんはどのようなイメージを持ちますか。高校の教科書に載っていた「こころ」という作品を思い浮かべる人もいるでしょう。1984（昭59）年に発行された千円札紙幣の肖像画を見たことがある人もいるはずです。

東京帝国大学で英文学を教えていた夏目漱石が、すべての教職を辞めて、朝日新聞社に入社したのは1907年、漱石が40歳の時のことでした。以後、亡くなるまでの10年間で10作の長編小説を「朝日新聞」紙上に発表していきます。

テレビやインターネットがなかった時代、新聞に毎日連載されていた小説は、最大の娯楽のひとつでした。中でも、夏目漱石の新聞小説は、たいへん人気がありました。では、なぜ漱石の作品は多くの読者の支持を獲得できたのでしょうか。

英語だけでなく俳句や漢詩にも造詣の深かった漱石の文章は、リズムがよく、イメージ豊かです。また、登場人物たちの行動や心理は、欧米と日本の近代化の違いを鋭く描き出しています。さらに、これらの特徴だけでなく、漱石の作品が「恋愛小説」であったことも、人気の理由だといえます。

この項で取り上げる「それから」は、「恋愛小説家・夏目漱石」の力量を存分に伝える作品です。そしてもちろん、明治期の読者だけでなく、いつの時代の読者をも魅了する力をもっています。

実業家の父を持つ長井代助は、学生時代から裕福な生活を送り、次男であるため卒業後も自由気ままな生活をつづけていました。一方、代助の親友・平岡常次郎は、卒業後すぐに関西の銀行に就職し、ふたりの仲は疎遠になりました。しかし、平岡が銀行を辞め東京に戻ってきたことが契機となり、3年ぶりにふたりは再会することになります。平岡の妻・三千代は、代助がかつて愛した女性です。代助は、困窮している三千代を眼にし、彼女を平岡に譲ったことを後悔します。また、三千代も代助への思いを蘇らせていくのです。

三千代は、平岡との生活の相談や借金の依頼のために、何度か代助と会います。そして密会を重ねるうちに、とうとうある日、代助は三千代を自宅に招き、「僕の存在には貴方が必要だ。どうしても必要だ。僕はそれだけの事を貴方に話したいためにわざわざ貴方を呼んだのです」と告白をするのでした。

次の会話は、この告白の前にふたりが交わしたものです。では、Lessonを考えてみて下さい。

## ● Lesson 1

なぜ代助は三千代の「銀杏返《いちょうがえ》し」という髪型にこだわっているのでしょうか。次の文章を読んで考えてみて下さい。

「先刻《さっき》表へ出て、あの花を買って来ました」と代助は自分の周囲を顧みた。三千代の眼は代助に随《つ》いて室《へや》の中を一回《ひとまわり》した。その後で三千代は鼻から強く息を吸い込んだ。

「兄さんと貴方と清水町《しみずちょう》にいた時分の事を思い出そうと思って、なるべく沢山買って来ました」と代助がいった。

「好《い》い香《におい》ですこと」と三千代は翻がえるように綻《ほころ》びた大きな花弁《はなびら》を眺めていたが、それからを眼を放して代助に移した時、ぽうと頬を薄赤くした。

「あの時分の事を考えると」と半分いってやめた。

「覚えていますか」

「覚えていますわ」

「貴方は派手な半襟《はんえり》を掛けて、銀杏返しに結っていましたね」

「だって、東京へ来立《きたて》だったんですもの。じきにやめてしまったわ」

「この間百合の花を持って来て下さった時も、銀杏返しじゃなかったですか」

この場面で話題になっている花も、以前、三千代が代助宅に持ってきた花も「白百合」です。「白百合」の香りや形は、「手に入れることのできなかった未来」を呼び覚ます媒体だといえます。亡くなった三千代の兄は、妹と友人の代助を結婚させたいと思っていました。しかし、それは実現しなかったのです。

平岡と三千代との関係が悪化している今ならば、「手に入れることのできなかった未来」を取り戻すことも可能かもしれません。とはいえ、代助も三千代も、大きなリスクを背負うことになります。代助は学生時代からの友人を失い、三千代は離婚者という烙印を押されます。さらに場合によっては、法的な処罰を受ける可能性もあるのです。

「それから」の時代、「姦通罪《かんつうざい》」という罪があったことを知っていますか。「姦通」とは、男女が社会的・道徳的に認められない関係を結ぶことを意味し、とくに配偶者のある者が配偶者以外の異性と性関係を持つことを指します。1947年に刑法が改正されるまで存在したこの法律では、夫みずからが「姦通をしている」と妻（元妻も含む）を告訴した場合、相手の男性とともに妻を処罰することができました。しかし、妻の方には告訴する権利はありません。「姦通罪」は、近代日本における男女差別の象徴といえる法律です。

「それから」の中で、代助と三千代が「姦通」しているのかどうか、はっきりとは描かれていません。しかし、ふたりはたびたび密会しており、そのことを証拠に平岡が告訴に踏み切る可能性は十分にあるのです。

代助は、「手に入れることのできなかった未来」を取り戻すために告白をします。それにあたって、大きなリスクをともに負う覚悟があるのか、三千代の気持ちを推し量る必要がありました。その際、「銀杏返し」という髪型は大きな手掛かりとなるものだったのです。

現在、男性も女性も、基本的に自分の好きな髪型を自由に選ぶことができます。しかし、着物の時に結う女性の髪型は、年齢や既婚・未婚の区別をあらわす記号でもありました。

明治期、女性の社会的地位は少しずつ向上し、着物から洋服へとファッションの選択肢が広がっていきます。それにともない、髪型のバリエーションも容認されていきました。けれども、「桃《もも》割《わ》れ」「銀杏返し」「丸髷《まるまげ》」の3種の日本髪が明確な記号であることに、変化は起こりませんでした。

前髪を高くあげ、全体的にふっくらとした「桃割れ」は、少女の記号です。いくらこの髪型が気に入っていても、60代の女性が結うことは許されません。「銀杏返し」は、「桃割れ」よりもボリュームを抑えた髪型です。10代後半から30代にかけての女性が結うものでした。そして、「丸髷」は既婚女性のみが結う髪型だったのです。

三千代は既婚女性ですから、「丸髷」を結うこともできます。

しかし、あえて「銀杏返し」の姿を代助に見せた。これは、ただのファッションの変化ではないでしょう。三千代からのメッセージではないでしょうか。「丸髷」ではなく「銀杏返し」を結うということは、「平岡の妻」であることをやめ、「手に入れることのできなかった未来」を取り戻したいという三千代の気持ちの象徴だといえます。だからこそ、代助はこの髪型にこだわったのです。

「それから」の物語は、代助がこれまでの生活をすべて捨て、三千代と一緒になる決意を固めるところで終わります。生活費を父や兄から貰っていた代助は、まず仕事を探さなくてはなりません。街に出た代助は「赤い郵便筒」や「赤い蝙蝠傘《こうもりがさ》」「大きい真赤な風船玉」などに取り囲まれ、「世の中が真赤」になっていきます。

「マークスの山」（→32p）では、「白」という色について触れましたが、「それから」では「赤」という色がさまざまな象徴性を帯びて使われています。平岡の顔の中の「赤」、三千代のファッションの中の「赤」など、この色にも注目し、ぜひ物語を読み解いてみて下さい。

※本文中の引用は、夏目漱石『それから』岩波文庫（岩波書店、1989年）による。

Column

# 「読んでから観るか、観てから読むか」

1976年、角川書店という出版社は映画製作に乗り出しました。映画の原作は、もちろん自社の出版物です。それゆえ、映画の1シーンを文庫本のカバーに使ったり、入場料割引券付きのしおりを本に差し挟んだり、映画と原作が相互に宣伝しあうような販売戦略がとられることになりました。

「読んでから観るか、観てから読むか」とは、このような流れの中で、角川書店が積極的に打ち出した宣伝コピーです。文学作品の映像化がさかんに行われている現在、「読んでから観るか、観てから読むか」という嬉しい迷いを感じる機会も、さらに増えているといえます。

そしてだからこそ、一度、原作と映像の比較に挑戦してもらいたいと思います。文字と映像では、表現する方法が違うからです。

たとえば、川端康成の「雪国」(1948年) という小説の冒頭は、「国境の長いトンネルを抜けると雪国であった」ですが、映像で「長い」というイメージを表現する方法は数多くあります。

数十メートルにも及ぶトンネルの全景を写すのか。汽車でトンネルの中を進む主人公が、腕時計をチラチラ見る様子から「長い」を表現するのか。乗客たちの会話に「長い」という言葉を入れるのか。文学作品の映像化は、作品を読み解く力だけでなく、文字を映像に翻訳する独創的なアイデアと、的確な技術がなければ不可能なのです。

「雪国」は、1957年に豊田四郎監督により映画化されており、DVDなどで観ることができます。ぜひ、みなさんも「長いトンネル」を映像で体験してみて下さい。

また、「読んでから観るか、観てから読むか」の宣伝コピーと関わりの深い映画「犬神家の一族」（横溝正史原作）は、市川崑監督が撮った作品です。市川監督は、夏目漱石の「こころ」、三島由紀夫の「金閣寺」（映画タイトル「炎上」）、谷崎潤一郎の「鍵」など、多数の文学作品を映画化しています。これらの映画も、DVDなどで手に入れることができます。

Genre

# 学　校

●

レッスン

① 谷川流「涼宮ハルヒの憂鬱」

② 石坂洋次郎「青い山脈」

③ 夏目漱石「三四郎」

Genre 学　校

レッスン ①

# 谷川流「涼宮ハルヒの憂鬱」

キョンと呼ばれる登場人物「俺」が語る、谷川流《たにがわながる》の物語「涼《すず》宮《みや》ハルヒの憂鬱《ゆううつ》」は、ライトノベルとして大ヒットした作品です。その後、マンガ、アニメーションと、いろいろなメディアを移りながら、多くの人々に親しまれていることは、みなさんの中にもすでに御存じの人も多いことでしょう。でも、アニメやゲームは知っているけど、こんどは原作の小説を読んでみたいという人たちに向けて、この章は書かれていると思って下さい。そして、その原作であるライトノベルを手掛かりに、文学との向き合いかたをここでは学んで欲しいと思います。

この物語は、現実と超現実とを知ることになった語り手であり男子高校生キョンの視点と、その彼が語る「語り」によって表現された世界です。そのややシニカルなキョンの語りは、一人称であったためか、同世代の男子読者たちを共感させる絶妙な文体を織りなしています。無自覚にも自分勝手さを爆裂させる涼宮ハルヒと、彼女に振り回されるキョンをはじめとする登場人物たちは、いずれもハルヒが入学した高校での学園生活を舞台として、幾つかの事件に遭遇することになりました。彼らの遭遇する事件のそもそものきっかけは、新入生のハルヒがクラスメイトに向けた、自己紹介の言葉でした。彼女は、ここで「東中学出身、涼宮ハルヒ」「ただの人間には興味ありません。この中に宇宙人、未来人、異世界人、超能力者《ちょうのうりょく》がいたら、あたしのところに来なさい。以上」といい放ったのです。キョンは、こうつぶやきます、「こうして俺たちは出会っちまった。しみじみと思う。偶然だと信じたい、と」。

新入生たちの期待と懼《おそ》れが入り混じったクラスの最初に集合した時の緊張した雰囲気は、誰もが経験していると思います。この設定が、多くの読者を共感できる物語空間へやすやすと導いてくれる仕掛けだったのではないでしょうか。さて、仕掛けはそれだけではありませんでした。ハルヒの言葉にある「宇宙人、未来人、異世界人、超能力者」…これは高校生あるいは中学生たちが、身近に慣れ親しんだSF小説やテレビドラマそしてマンガやアニメなどの物語の主人公たちに他なりません。

---

## ● Lesson 1

「宇宙人、未来人、異世界人、超能力者」を登場人物とする小説名（あるいは、テレビドラマ名、映画名）をそれぞれあげなさい。

---

さて、みなさんは、こうした小説名をあげることができたでしょうか。アニメだったら、マンガだったらあげられるという人はたくさんいるでしょう。このキョンも、「宇宙人や未来人や幽霊《ゆうれい》や妖怪《ようかい》や超能力者や悪の組織やそれらと戦うアニメ的特《とく》撮《さつ》的マンガ的ヒーローたちがこの世に存在しないのだということに気付いたのは相当後になってからだった」と先に語っています。逆に「アニメ」「特撮」「マンガ」などでの物語内にヒーローたちはいるよということです。でも、そうした宇宙人、未来人、異世界人、超能力者という存在が、なぜ子どもというか少年の物語に必要なのかと考えたことはありますか。少年はおそらく、現実社会などといったリアルさとまだ出合う必要も機会もないでしょうし、たいていは学校というきゅうくつな空間に押し込められているかもしれません。そして、この「涼宮ハルヒの憂鬱」を読み進めていく中で、「この世に存在しないのだということに気付いた」にせよ、この物語にそうした宇宙人や未来人などが登場することで、きゅうくつな思いの少年はワクワクしてくるのではないでしょうか。学校という閉鎖的な場所が、物語によって時空を超えた空間へと開放されるのです。

こうした、物語世界の背後には、読者のもっている知識や期待が大きく関わるものなのです。とくに、教育という文化的なシステムの中で、学校という空間に閉じ込められた期間は、時空を超えた広大な領域に憧れるものかもしれません。

この「涼宮ハルヒの憂鬱」は、キョンだけではなく、読者諸君のきゅうくつな学校生活に、思いっきり天窓を開け放ったのでしょう。学校は、時空を超えた、限りない超空間と結びついているのですから。でも、もうひとつ、この物語では、私たちはどこに存在するのかという謎を向けていたのだと思いませんか。つまり、ハルヒの周りに集まった人物は、それぞれ、長門有希は宇宙人に作られた人造人間、朝比奈みくるは未来人、古泉一樹は超能力者だったのです。朝倉涼子すらも、長門有希のバックアップだといいます。もちろん、ハルヒはそうした事実に気づくことなく、相変わらず、どこかに宇宙人や未来人や超能力者はいないものかと探しているのです。でも、先の存在論的な話題はそこではありません。この超能力者古泉がいうには、「彼女には願望を実現する能力がある」、そして世界はハルヒの主観であり、彼女の精神が不安定になると「閉鎖空間」が生まれるのだと。創造主とハルヒが重なるような、どこか宗教的な世界観が示されていました。また、ハルヒの主観であるこの世界の広がりと、それと対比されて設定されている「閉鎖空間」の２つの空間とは、現実の学生であるみなさんの主観的なイメージ世界と、実際に通学する学校空間との2つの空間の比喩的なありかたなのかもしれません。

この物語には「宇宙人、未来人、異世界人、超能力者」が登場しますが、それ以外の小説で彼らが登場するのは、筒井康隆「時をかける少女」(「未来人」)や泉鏡花「高野聖」(「異世界人」)などです。さらに、映画「スターウォーズ」(「宇宙人」や「未来人」)、「ウルトラマン」シリーズ(「宇宙人」)、そして「仮面ライダー」シリーズ(「異世界人」や「超能力者」)など多くの映像作品にも登場します。

では、結末までのあらすじに、簡単に触れることにします。この「閉鎖空間」とは、ハルヒの心の動きと連鎖している空間なので、彼女の心が安定することを語り手であるキョンは望んでいます。彼女の心が安定すれば、ハルヒの主観である世界もまた安定するのです。このことを望んでいるのは、長門有希や朝比奈みくる、そして古泉一樹もまた同じです。しかし、ラブロマンスのように展開するキョンとみくるの接近は、それと知ったハルヒの怒りを生みます。いちゃついていたわけではないが、どこか無邪気に接近していた彼らは、ハルヒに見つかってしまうのでした。そして、「何やってんの、あんたら」とハルヒの「摂氏《せし》マイナス273度くらいに冷え切った声が俺と朝比奈さんを凍《こお》り付かせ」ました。すると、家に帰って眠りについたはずの、ハルヒとキョンは、学校に広がる閉鎖空間に連れ出されてしまうことになりました。ハルヒの無自覚な嫉妬が、彼女の心を不安定にし、結果、彼女の主観である世界を大きくひずませてしまったからです。そして、それを救うのは、キョンでした。ハルヒの世界がどのようにして安定を取り戻すのかは、ぜひこの作品を読んで、確認して下さい。

この物語は、「現状維持」という、世界が再び平穏な日常に復帰することで、一応の結末を得ることができました。ただ、その平穏な日常への復帰の伏線として、この白雪姫というキーワードが、キョンに向けられていました。では、白雪姫とはどんな物語だったのでしょうか。

すでにご存知のみなさんもいらっしゃるとは思いますが、白雪姫の物語は、グリム童話では、のどにつかえていたリンゴが取れることで姫は生き返ります。でも、ディズニーの白雪姫では、王子様のキスで蘇ります。ここでは、ディズニーの白雪姫のことを朝比奈みくるは指しているようですし、それとキョンも察しているようです。そして、閉鎖空間の広がりを生んでいたハルヒの心の不安定を、なんとキョンがハルヒにキスをすることで、安定させてしまうのでした。こうして、現実は元の平穏な日常世界に回復されて、キョンは、あるいは世界は、「元の世界」に戻ることができたのでした。

※本文中の引用は、谷川流『涼宮ハルヒの憂鬱』角川文庫（角川書店、2003年）による。

Genre 学　校

レッスン ②

# 石坂洋次郎「青い山脈」

1947（昭22）年６月から５カ月にわたり新聞連載された石坂洋次郎の小説「青い山脈」は、東北地方の小都市の私立女子校を舞台にした作品です。しかしまだ学校制度が、戦後の６・３・３・４の学年体系による新しい制度に完全移行していない時期で、登場人物の寺沢新子は旧制の高等女学校(現在の高校)の５年生、ボーイフレンドの金谷六助は旧制の高等学校（現在の大学）の学生です。その高等女学校は、県立の高等女学校に劣等感をもっている学校だと設定されてました。そこで、ニセ手紙事件が起き、学園だけでなく街中を巻き込む騒動となってしまいます。

クラスメイトの松山浅子が寺沢新子になりすまして書いたニセ手紙事件は、同じ学校に通う生徒たちの単なる興味によるものでした。しかし、寺沢新子になりすました生徒も、その友人たちも、恋愛は生徒らしくないもので、寺沢を注意するために書いたのだと主張します。「学校のためだ、という抜け道をちゃんと用意し」ながら、「不潔な空想で胸をドキドキさせながら書いた」ニセ手紙に怒りを覚えた教師の島崎雪子は、クラスの中に、そのニセ手紙を書いた生徒を見つけて、授業で「学校をよくするという名目で、そういう下品な方法で人を試すことは、たいへん間違ったことだ」と問題提議しました。黒板に、島崎先生は次のように書きます。

---

## ● Lesson 1

下の（A）（B）（C）に入る語を、島崎先生が黒板に書いたものから選び、それぞれ答えなさい。

雪子は、気分の転換をはかるために、チョークをとって、黒板に大きく、

| | | |
|---|---|---|
| 国家 | } | 個人 |
| 家 | | |
| 学校 | | |

と書いて、生徒の目をそれにひきつけた。「いいですか。日本人のこれまでの暮し方の中で、一番間違っていたことは、全体のために個人の自由な意思や人格を犠牲にしておったという

ことです。（A）のためという名目で、下級生や同級生に対して不当な圧迫干渉を加える。（B）のためという考え方で、家族個々の人格を束縛する。（C）のためという名目で、国民をむりやりに一つの型にはめこもうとする。それもほんとに、全体のためを考えてやるのならいいんですが、実際は一部の人々が、自分たちの野心や利欲を満たすためにやっていることが多かったのです。今度の手紙の件にしても、その相談をした人たちはラブレターの文句を考えながら、あまり品のよくない自分たちの興味を満足させておったと思います。

---

島崎先生が示した「これまでの暮らし方の中で、一番間違っていたことは、全体のために個人の自由な意思や人格を犠牲にし」たことだというのは、戦前に国家や社会を優先してきた日本人が、敗戦後の民主化のなかで手にした反省でもあったのでしょう。そして同時に、戦後の人々が「民主的な生活」に向かう宣言でもありました。こうした宣言が、「新旧思想の対立」が生じやすい場所として、本来保守的な女学校や地方都市が選ばれたのです。ここの答えは、A「学校」、B「家」、C「国家」となります。ここで、「新旧思想の対立」の考えというものを確認できたと思います。

もちろん、こうした思想の対立だけを描くのであれば、小説にする必要などどこにもないはずですね。「新旧思想の対立」の中で、心や立場が揺れる人間の弱さを描くことができるからこそ、文学なのです。それだけでなく、ユーモアもまた描き込んでいます。たとえばニセのラブレターを書いたこの事件では、「臨時の父兄理事会」が開かれて、その問題について討議されることになりました。金谷六助の友人富永安吉のドジと調子はずれのおもしろさに加えて、そのニセ手紙も笑いを誘う小道具にします。国語・漢文科の主任の教師の岡本が、それを読まされることになりました。

---

## ● Lesson 2

「——ああ、ヘンすいヘンすい私のヘン人・新子様。ぼくは心の底から貴女をヘンすておるのです」(略)「ぼくの胸は貴女を想うノウましさでいっぱいです。ぼくはノウんでノウんで、ノウみ死ぬのではないかと思います」と主任教師の岡本がニセ手紙を読んでしまうのはなぜか。以下の空欄（A)、(B）に最も適当な漢字一字を入れて、その理由を説明する文章にしなさい。

岡本は、黒板に『恋』と『(A)』を並べて書きます。そして、こう続けます。「つまり『恋』と書くべきところを、国語力が幼稚でありまするために『(A)』と間違えて書いておるのであります」、さらに「ここでは、『悩』と『(B)』とを間違えて書いておる」と岡本は説明を続けました。

---

ニセ手紙が読み上げられてユーモラスなのは、誤字のためだけではありません。もうひとつ、地方訛《なま》りもあったからです。これは文字表現で、「へん」「すい」と表記されていた「変」は「恋」の誤字、「すい」は「しい」は地方訛りの音声だというわけです。まさか、言文一致というわけではないでしょうが、教育の現場である女学校での標準語教科書と訛りのある日常会話とが混在しているのが地方都市の当然のありかたであることが、こうした喜劇的要素を物語に加えてしまったのです。でも、その訛りが日常である人々に、それは訛りであると気づくことは少ないのではないでしょうか。どこか、中央からの視点がここにあるのでしょう。さて、答えは、(A)が「変」という漢字であり、(B)が「脳」という漢字です。これに類した間違いは、学生の文章ではいまでも日常のことで、レポートや作文の課題を出すたびに、教師はその指摘と指導に煩わされて

しまいます。

新子のクラスメイトによるニセ手紙事件は、正義感の強い校医沼田医師を中心にして、保守的な高校の理事会をうまく抑えて、誰も処分されることなく収まることとなりました。ただ、暴漢に襲われて沼田が大けがをすることとなりましたが、ともかく問題は矮小化《わいしょうか》してしまい、ひとびとは手紙の文章による笑い話のひとつとしてしまいました。そんな結末の中、ニセ手紙を書いたクラスメイト松山浅子と寺沢新子との素直な仲直りも生まれました。こうした和解は、学校という集団生活ならではの、緊張感からの解放なのかもしれません。そして、夏休みが始まりました。その夏休みに、お互いが手紙を出し合います。それぞれの立場と事件を通しての成長がそこで語られるのです。戦後の生徒たちは、民主主義という当時の新しい思想を、学校という純粋であり得る境界の中で享受しているように見えます。学校とは、そうした新しい思想を受け止めて、自分たちが生きる根拠を考える知的な空間だったのでしょう。後の、1960年から1970年にかけて日本の社会を揺るがせた学園紛争には、こうした知的な学校文化が下地にあったのかもしれません。

※本文中の引用は、石坂洋次郎『青い山脈』新潮文庫（新潮社、1968年）による。

Genre 学　校

レッスン ③

# 夏目漱石「三四郎」

夏目漱石の小説「三四郎」は、1908（明41）年9月1日～12月29日の間に「朝日新聞」に連載されました。主人公の三四郎は地方の高等学校を卒業して、東京帝国大学に入学するために上京してきたエリート青年でした。しかし、この主人公、すこしとぼけた性格のようで、自分の目の前に展開する現実を、「平穏」で「寝坊気」た田舎の世界と、「広い閲覧室」の「書物」に囲まれた学問の世界と、「春の如く」「美しい女性」がいる深厚な世界の三つの「世界」に分けて、「比較」します。そしてその結果、次のような結論を手にします。引用すると、「この三つの世界を掻き混ぜて、その中から一つの結論を得た。－要するに、国から母を呼び寄せて、美しい細君を迎えて、そうして身を学問に委ねるに越したことはない」（四）と、都合良くその「結論」を手にしたのでした。

では、この小説の特色を考えてみましょう。まず三四郎という帝国大学の学生の考え方から、この物語世界について考えてみます。最初は、三四郎が驚く場面です。

三四郎は全く驚いた。要するに普通の田舎者が始めて都の真中に立って驚くと同じ程度に、又同じ性質に於《おい》て大いに驚いてしまった。今までの学問はこの驚きを予防する上に於て、売薬程の効能もなかった。三四郎の自信はこの驚きと共に四割方滅却した。不愉快でたまらない。

(略) 世界はかように動揺する。自分はこの動揺を見ている。けれどもそれに加わる事は出来ない。自分の世界と、現実の世界は一つ平面に並んでおりながら、どこも接触していない。そうして現実の世界は、かように動揺して、自分を置き去りにして行ってしまう。甚だ不安である。

三四郎は東京の真中に立って電車と、汽車と、白い着物を着た人との活動を見て、こう感じた。けれども学生生活の裏面に横たわる思想界の活動には毫《ごう》も気が付かなかった。(二)

ここは三四郎が東京に出てきて、その都会に驚いた場面です。三四郎が何に驚いたかは、すぐに詳しく説明されています。そして、その驚きの様子もその驚きの説明も、三四郎の視点でされています。つまり、「驚く」のも、「不愉快」なのも、三四郎の心の動きとして読者は理解していくことになるのです。このように三四郎の視点で説明されると、読者である私たちは、三四郎が見たものを見て、三四郎が感じたものを感じます。

でも、この箇所についてはどうでしょうか。「けれども学生生活の裏面に横たわる思想界の活動には毫も気が付かなかった」とあるのは、三四郎には「毫も気が付かなかった」ということで、どうやらそれは三四郎自身の言ではないようです。こうしたこの三四郎の物語を語り、そして説明する立場にいるのは、もちろん三四郎ではなく、三四郎の視点に限りなく近い語り手なのですが、けっしてそのまま重なるわけではありません。もうひとつ、そうした例を取り上げましょう。十二章での三四郎がハムレットを観劇する場面です。

そのうち幕が開いて、ハムレットが始まった。三四郎は広田先生のうちで西洋の何とかいう名優の扮《ふん》したハムレットの写真を見た事がある。今三四郎の眼の前にあらわれたハムレットは、これと略《ほぼ》同様の服装をしている。(略)

その代わり台詞《せりふ》は日本語である。西洋語を日本語に訳した日本語である。口調には抑揚がある。節奏もある。ある所は能弁過ぎると思われる位流暢《りゅうちょう》に出る。文章も立派である。それでいて、気が乗らない。三四郎はハムレットがもう少し日本人じみた事を云ってくれれば好《い》いと思った。御母《おっか》さん、それじゃ御《お》父《とっ》さんに済まないじゃありませんかと云いそうな所で、急にアポロなどを引合に出して、呑気《のんき》に遣《や》ってしまう。それでいて顔付は親子とも泣き出しそうである。然し三四郎はこの矛盾をた

だ朧気《おぼろげ》に感じたのみである。決してつまらないと思い切る程の勇気は出なかった。(十二)

やはり、三四郎の視点に重なりながらも、「然し三四郎はこの矛盾をただ朧気に感じたのみである」という語り手からの説明があります。これは、三四郎の視点そのままではありません。この小説は、三四郎にほぼ重なる視点で、彼の内面と外界とを描いています。三四郎から見えるものや三四郎が感じたことが物語られていますが、先にも触れたように時々三四郎を相対化する視線もあります。先の引用でわかるように、三四郎の理解が足らないことにも触れていたわけです。ここで用意されていたのは、こうした三四郎に重なることが多いが、また同時に彼を相対化できる視線だということです。視点として利用されている三四郎は、美禰子《みねこ》に惹かれながら、「自分は美禰子に苦しんでいる。美禰子の傍に野々宮さんを置くと猶《なお》苦しんで来る。その野々宮さんに尤《もっと》も近いものはこの先生である。だから先生の所へ来ると、野々宮さんと美禰子との関係が自ら明瞭になってくるだろうと思う。これが明瞭になりさえすれば、自分の態度も判然《はんぜん》極める事が出来る」と考えています。しかしそれは三四郎の考えであって、登場人物が共有する「現実」ではないのかもしれません。三四郎の視点と重なることも多いが、彼を相対化もできる視線で語られているからです。そうであっても、三四郎から見える以上に「現実」がさほど語られているわけではありません。だから書かれてあることそのままでいうと、三四郎は美禰子のことがついにわからないままで終わります。美禰子から「迷える子《ストレイシープ》一解って？」と問われても、わからない三四郎を描いているのです。

たとえば、「丹青会の展覧会」を三四郎は美禰子と観に行く場面があります。与次郎が返してくれない二十円を巡って、結局、三四郎が美禰子からそのお金を受け取った後のことです。そこで二人は、野々宮さんと顔を合わせます。

「里見さん」出し抜けに誰か大きな声で呼んだ者がある。美禰子も三四郎も等しく顔を向け直した。事務室と書いた入口を一間ばかり離れて、原口さんが立っている。原口さんの後に、少し重なり合って、野々宮さんが立っている。美禰子は呼ばれた原口よりは、原口より遠くの野々宮を見た。見るや否や、二三歩後戻りをして三四郎の傍へ来た。人に目立たぬ位に、自分の口を三四郎の耳へ近寄せた。そうして何か私語《ささや》いた。（八）

しかし、三四郎は何をいったのかわかりません。後で聞くと、美禰子は「野々宮さん。ね、ね」といったのだと答えます。そう聞いて「彼」にすると、「野々宮さんを愚弄したのですか」といいますが、美禰子は「何んで？」と「無邪気」に聞き返します。そして、「あなたを愚弄したんじゃ無いのよ」と付け加えました。

---

## ● Lesson 1

この美禰子がいった「野々宮さん。ね。ね。」とは、どのようなことだったのでしょうか。

---

答えは、遠くにいる野々宮に、三四郎と2人でいることを見せつけるために、わざと三四郎に近づいた、そのための意味のない言葉だったということでしょうか。もし三四郎が野々宮のほうを見たなら、とても効果的であったかもしれません。しかし、こんな内容の無い言葉を他には聞かれたくはありません。ただ仲が良いと見える場面を野々宮に見せつけたいだけのことなのですから。これが答えです。

もちろん、そのように美禰子の心理が十分説明されていないのは、この小説の視点が三四郎のそれに近いからです。それどころか、「女は瞳《ひとみ》を定めて、三四郎を見た。三四郎はその瞳の中に言葉よりも深き訴《うつたえ》を認めた。」とあり、三四郎は、美禰子が自分に気があるのではないかと誤解しています。ここでも、「深き訴」などと三四郎は誤認するのでした。三四郎はそのような誤認する人物として物語られていたのです。さらに、美禰子の結婚の話を聞いても、三四郎には何も理解できていないようです。なにせ視点が三四郎のそれに近いので、急に彼から遠く離れて、別の視点からあれこれ説明するわけにはいかないのでしょう。美禰子が教会を出てきて、三四郎に向かっていった「われは我が愆《とが》を知る。我が罪は常に我が前にあり」という旧約聖書の言葉の意味も、彼は誤解しているようです。つまり、登場人物三四郎の視点から見えるものを中心に、三四郎の考えや感情に重ねられた物語であることを認識することで、もうひとつの世界が手に入るのです。もちろん、そのもうひとつの世界は、三四郎に近い視線からはうまく表現できません。それでも、それは三四郎を相対化できる視点からの「現実」であり、言うなれば、この物語が文字として表現することを回避しながらも語り得た世界なのです。

※本文中の引用は、夏目漱石『三四郎』新潮文庫(新潮社、1986年)による。

Genre

# 家　族

●

レッスン

① 角田光代「空中庭園」

② 太宰治「斜陽」

③ 志賀直哉「和解」

Genre 家　族

レッスン ①

# 角田光代「空中庭園」

私たちのほとんどが人生のどこかで所属する家族とは、何でしょうか。これまでも、世代を超えた共同体としての「家」や、愛情で結ばれた夫婦とその子どもを構成員とする近代家族などの共同体は、社会学や文学そして思想の問題として取り上げられてきました。家族とは、人間が営む一番小さな共同体ということができるでしょう。ただ、その形態は、どうやら時代とともに変化していくもののようです。近代家族と呼ばれるものも、すでにひとつのイデオロギーでしかないことが指摘されるようになってきました。ここでは、そうした家族共同体の推移とともに、文学の中でこうした共同体がどのような題材となってきたのかを考えることにします。

角田《かくた》光代《みつよ》の「空中庭園」は、現代の家族の姿を描いた作品です。小説は幾つかの章に分かれていますが、全体で一つの物語世界が構成されています。しかし、その章立てには、普通の作品に記されているような、数字などがありません。「第一章、第二章…」だの、「1、2…」だのとは分かれていなくて、「ラブリー・ホーム」「チョロQ」「空中庭園」「キルト」「鍵つきドア」「光の、闇の」と章題だけがこの順で並んでいます。それぞれが独立した短編小説なのかと間違うかもしれません。でも、目次を見て、すぐに気がつくのは、小説の題名と同じ章があることです。

---

## ● Lesson 1

「空中庭園」の章立てを前にして、読者はどのような物語世界を想像するのでしょうか？　次の１～５の中から、一つ選びなさい。

1　統一されていない章題から、これは「空中庭園」という作品を中心とした短編集と受け取る
2　「ラブリー・ホーム」を導入内容にして、かわいらしい家庭＝ホームの物語と受け取る
3　バビロンの空中庭園のイメージと「チョロQ」という語から子どもの文化を題材とした寓話的物語と受け取る
4　空中庭園やキルトなど、章題の語句が意味する事柄は時代も地域もバラバラなので、好きな章から読んでいいものと受け取る

5　最後の章題にある「光」や「闇」というやや抽象性を持った表現から、ここに全体のテーマと深く関わる内容があると受け取る

---

短編集ならば、たいていは題名にそれと示されていることが多いでしょう。でも、そうとばかりも言えないので、1や4は可能性がないわけではありません。でも、2のように、家族の物語と先入見を持ったりしてはだめです。また、3のように、特定の章題だけで、全体を推し量るのもどうかと思います。ただ、5のように、抽象性の高い章題が一つだけ、しかも最後に置かれていると、なんだかそこに、悲劇的な結末であるカタストロフィーやさらに高次での調和が生まれているアウフヘーベンがあるのではないかと思うのは、読者にとって自然なことでしょう。読む前ならば、という前提が付きますが、答えは5がいいかと思います。書き手もまた、全く計算していないわけではないでしょう。

では、次にいくことにしましょう。

小説「空中庭園」の最初の章「ラブリー・ホーム」は、「わたしはラブホテルで仕込まれた子どもであるらしい」の一文で

始まります。この「わたし」とは、この小説の主人公だとばかり思い込んで読むと、二つめの章である「チョロQ」が、「あー、逃げてえ、というのが、娘のボーイフレンドの口癖らしいが、それを聞いてからというもの、気がつけばぼくは、あー逃げてえ、とつぶやいている。」という一文で始まります。はてと戸惑う読者の採る道がまだ三つほどあるかと思います。

① さまざまな主人公の一人称小説の短編集だと思う。

② 残りの章の登場人物が誰なのか確認する。

③ 作品の解説などを読んで、読み進める方向を定める。

一つの小説なので、①以外はいずれも間違いではありません。さて、②の方針で読み進めると、各章の一人称で語る登場人物はすべて別人だということがわかります。まずこの「ラブリー・ホーム」の「わたし」は京橋マナ十五歳、京橋家の長女です。次の「チョロQ」の「ぼく」は、マナの父親たかしです。後は、基本的なチェック事項として、読者であるみなさんが視点人物が誰なのか確認して下さい。

この「空中庭園」は、都会の郊外によく見ることができる街空間を舞台としています。高速道路のインターやラブホテル群があり、私たちにもすっかりおなじみになってしまったショッピングモールもこの街にあるようです。団地とバス便などで結ばれている、このショッピングモールの名前は「ディスカバリー・センター」です。登場人物たちは団地の住人で、その団地の回りは田畑となっているらしい。マナにいわせると、「この町の人間のほとんどは、だからラブホテルの合間をすり抜けてディスカバリー・センターにたどり着く」とのことです。こうした空間は、都市生活者の小説空間でもなく地方都市のそれでもなく、二十世紀の末から現れ出した大都市郊外型生活空間なのでしょう。こうした設定により、私たちの新しい生活空間のリアリティを演出できたのかもしれません。

---

## ● Lesson 2

絵里子の結婚に関する嘘は「中学時代の仲良しが不良になり、更生させるつもりで近づいて結局誘われるままにそこに属し、けれど家族のことは大好きで迷惑をかけたことなんかなく、パパと会って恋をして、族仲間の多くがそうしていたように『(　　)』して早々と結婚、大好きな家を模してあたらしい家族をつくった」というものです。この空欄に入る語は何が適当ですか?

---

家族の人たちそれぞれに波紋を投げかけている母親絵里子の結婚に関するこだわりの嘘は、それと彼女が認める章の前に、タカシが「チョロQ」の章で、「彼女がマナに話しているらしい、ヤンキーがどうのという奇妙な過去は真っ赤な嘘、実際は、アルバイトにきた平凡な大学生を絵里子がうまいことはめたのだ。」と説明していました。「ヤンキー」や「族」は、その仲間がそこから離れることを何と言うのでしょうか。それが答えとなるのですが、「卒業」という表現を使います。この表現は、家族には使えず、学校を終えてステップアップした時に使う表現です。同時に、ここで強調されたのは、血縁関係による家族共同体の結びつきを、絵里子は何よりも優先させたということでした。

最後に、実際に読まれた人は、視点人物がひとりだけ家族ではないことに気がつきましたか。どうしてここに他人が必要だったのでしょうか。この北野三奈の視点で描かれた「鍵つきドア」の章を読むと、まず彼女の「あたしは家族をつくらない」という家族観が語られています。そのような彼女から、絵里子の母親の誕生日ホームパーティは、「異様」、「学芸会じみている」、「奇怪」と、批評されるのです。ここに、現代の家族の「光」と「闇」がかいま見えるのでしょう。

※本文中の引用は、角田光代『空中庭園』文春文庫（文藝春秋、2005年）による。

Genre 家　族

レッスン ②

# 太宰治「斜陽」

1947（昭22）年に太宰治によって発表された小説「斜陽」は、敗戦後の混乱した日本社会で、没落していく上流階級を描いた作品として広く読まれました。この「斜陽」という題名は、没落していく上流階級の物語を示します。それと逆行するかず子のどこか歪んだたくましさだけが異質であり、それが描かれることで、母親や弟の直治そしてかず子が恋する作家上原の斜陽＝滅びのはかなさが浮かび上がることになるでしょう。

かず子と母親が、「東京の西片町のお家を捨て、伊豆のこの、ちょっと支那ふうの山荘に引越して来たのは、日本が無条件降伏をしたとしの、十二月のはじめ」で、もちろん、「世の中が変わり」、「家を売るより他は無い」という理由からです。そのかず子たちの伊豆の家でボヤが起こります。風呂場がかず子の失火でまる焼けになり、村の人たちに迷惑をかけてしまったのです。「ままごと遊びみたいな暮し方」と批判を浴びながらも、かず子はなんとかたくましく生きていこうとします。具体的な場面でいいますと、ボヤを出した翌日ですが、かず子は「畑仕事に精を出した」とありました。そして、以下のように一文を続けます。

---

## ● Lesson 1

「火事を出すなどという醜態を演じてからは、私のからだの血が何だか少し赤黒くなったような気がして、その前には、私の胸に意地悪の蝮が住み、こんどは血の色まで少し変わったのだから、いよいよ（　　）になって行くような気分で、お母さまとお縁側で編物などをしていても、へんに窮屈で息苦しく、かえって畑へ出て、土を掘り起こしたりしているほうが気楽なくらいであった。」とあります。文中の空欄に入る最も適当な語句を、①～⑤の中から一つ選びなさい。

① 斜陽の貧乏娘
② 蝮の醜態娘
③ 野生の田舎娘
④ 美貌の都会娘
⑤ 畑の意地悪娘

---

　やや長めの一文ですが、言葉を幾つも重ねるような文体で、かず子のリアルな「窮屈で息苦し」い感情の動きをそのまま表出しているように読めます。(一) では、母親が「卵を捜しているのですよ」という蛇が、登場していました。けれども、それは不吉なイメージとして、自分自身を苛《さいな》むかず子が描かれるばかりです。ここで「いよいよ（　）になって行く」とかず子が思うのは、「畑へ出て、土を掘り起こしたりしているほうが気楽」な気持ちと直接結びつくものです。もちろん、畑仕事と結びつくのは、「③　野生の田舎娘」ということになるでしょう。この「野生」こそが、かず子を他の三人と分かつキーワードとなるのでした。

　さて、作品の展開と背景に触れておくことにします。「不良とは、優しさの事ではないかしら」(三) と思うかず子は、「札つきの不良になりたい」(四) と望み、上原に向かって「あなたの赤ちゃんがほしい」(四) と手紙に書くのです。彼女は、「人間は恋と革命のために生れて来たのだ」(五) ということを「確信したい」といい、「私はこれから世間と争って行かなければならないのだ」(五) と宣言するのです。これは、没落階級の家族が解体し、母子関係にその家族の新生を仮託しているように読めます。こうした没落していく階級の家族関係は、明治民法に規定された父権的「家」制度でした。家父長の権利そして男子の権利が絶対であり、「家」の永続を目的とします。ここでのかず子の宣言は、そうした家父長制の否定であり、背景としては敗戦後の日本の家族制度の解体がありました。

母親が病死して、「戦闘、開始。いつまでも、悲しみに沈んでもおられなかった」（六）かず子は、一方的な上原への恋心を高めていくことになりました。そして、上原を探し歩いた彼女は、その翌朝にとうとう「悲しい恋の成就」（六）を迎えます。しかし、この六章は、「弟の直治は、その朝に自殺していた」と結ばれます。

七章は、「直治の遺書」です。この直治という名前自体が、作者太宰治を連想させます。要するに、「直」＝じか／直接の治《おさむ》、あるいはそっちょく／率直な治《おさむ》ということではないでしょうか。そして、この作品が発表された翌年に太宰治は心中死しました。この直治の遺書に書かれてある内容が、作者の考えを強く反映していると読者に受け止められるのは、作家の生の軌跡と直治の設定とが類似していることによるものです。

さらに小説を読み進めましょう。弟の直治が死んでからひと月、かず子は上原に「最後の手紙」（八）を出します。そこで、彼女は上原から忘れられても「幸福」だと書きます。なぜなら、「赤ちゃんが出来たようでございますの」と続けます。そして、次のようにさらに書き記します。その妊娠を「けがらわしい失策などとは、どうしても私には思われません。この世の中に、戦争だの平和だの貿易だの組合だの政治だのがあるのは、なんのためだか、このごろ私にもわかって来ました。あなたは、ご存じないでしょう。だから、いつまでも不幸なのですわ。」

---

- **Lesson 2**

かず子が、「この世の中に、戦争だの平和だの貿易だの組合だの政治だのがある」理由を同じ手紙に書いています。「それはね、…略…女が（　　　　　）ためです」と続くのですが、その後のかず子の手紙の文面は、「私には、はじめからあなたの人格とか責任とかをあてにする気持はありませんでした」、「恋の冒険の成就だけが問題でした」とあります。この内容を参考に、文中の空欄に入る最も適当な語句を記しなさい。

---

さらに、キリスト教的世界を引用することで、かず子は自説を補強しています。先の手紙にあった「戦争だの平和だの貿易だの組合だの政治だの」と同じく、キリスト教もまたこの敗戦後の革命的な時期に大きな影響力を持っていました。

では、Lesson 2の答えと結びつく、かず子のキリスト教世界の引用を確認してみると、未婚の母になることをマリヤとキリストの誕生に結びつけていました。「マリヤが、たとい夫の子でない子を生んでも、マリヤに輝く誇りがあったから、それは聖母子になるのでございます。私には、古い道徳を平気で無視して、よい子を得たという満足があるのでございます」と書いています。これが、滅びてしまった母親と直治を乗り越えるかず子の方法だったのでしょう。同時に、上原も乗り越えてしまう、「野生」の力だったのかもしれません。「古い道徳」では、古い家族を再生産するばかりです。新しい時代の家族を、かず子のような旧来の人間が作り出すとしたならば、こうした母性に寄り添うしかないということなのでしょうか。（　　）の中には、「よい子を生む」という語句が入っていました。「赤ちゃんが出来た」喜びと最も単純に結びつくというのが、答えの根拠になるのでしょう。

ここでは、かず子がこうした母性だけをよりどころにした「道徳革命の完成」に向って歩まなければならなかった、斜陽の上流階級の女性の弱さが露呈しているのでした。

※本文中の引用は、太宰治『斜陽』新潮文庫（新潮社、1979年）による。

Genre 家　族

レッスン ③

# 志賀直哉「和解」

「和解」は、父と息子順吉《じゅんきち》である「自分」との和解を描いた私小説です。私小説とは、主人公を、ほぼ作者志賀直哉と重ねて読むことができる作品だということです。だから、この和解の物語は、彼の父親と志賀直哉との確執と和解を描いているという読み方ができるのです。作品は、主人公「自分」が七月三十一日、「昨年生れて五十六日目に死んだ最初の子の一周忌」に「我孫子《あびこ》から久しぶりで上京した」場面から始まります。そこで「父」と「自分」の感情的な対立が示され、親子の対立のいきさつが回想されることになります。三章の途中から、「一昨年の春」の京都での出来事、「その前に起こった二人の不和」などが書かれていますが、感情的な対立が生まれた様子が、過去にどんどんさかのぼって語られていきます。

志賀直哉は「和解」についての「あとがき」を書いています。そこでは、「作中にも書いたように、その時約束の仕事をしている最中、父との和解が気持ちよくでき、その喜びと興奮とで私は、書きかけを措《お》いて和解を材料に一ッ気《いき》に書き上げてしまった。」（岩波文庫『大津順吉・和解・ある男、その姉の死』）

と自解されていました。この「父との和解」の兆しが示されるのは、「今年」の七月末からの物語で、そこから作品は始まり、八月の中頃まで話は展開します。具体的には、祖母を訪問して、そこで父と二年ぶりに対面することになったのです。しかしそれから後は、主人公「自分」が、一昨年春にかけての父とのいさかいと出入りが禁止されたことが回想されています。次に、昨年六月の第一子慧子《さとこ》の誕生とひと月後の病没と葬儀、そして昨年から今年の春頃の「自分」の仕事などが続けて回想されています。十章でようやくあしかけ3年間にも広がっていた回想は、一章と同じ七月の「現在」に戻ってきました。それは、次の子どもである留女子《るめこ》誕生の話でした。それからは、八月から九月へと、和解を迎える時間へと向かうことになります。十三章の八月三十日に父と和解し、十五章の八月三十一日に父たち家族が「自分」が住む我孫子を訪れます。最終章である十六章では、九月に入り、家族揃って会食する場面が用意されていて、この和解がゆるぎないものであることを読み手にも示されています。こうした具体的な時系列情報を取り除いてこの物語の背景を示すならば、父との和解に向かう話を中心に、「自分」の第一子慧子の死と第二子留女子の誕生が、そこにはあったということです。

和解の兆しは、一章から読み取れないわけではありません。

最初の子の一周忌の墓参りで、実家である「麻布の家」に「自分」は電話をかけます。母との電話による会話内容から、これまでと同じように父に対する「不愉快」や「腹立たしい気分」が生まれないわけではないのですが、この墓参りで「自分の心によみがえっている祖父には少しも父を非難する調子はなかった」(一) といいます。この時点で、「自分」は第一子慧子を一年前に亡くしていますが、留女子が誕生していました。父との和解となる日は、「自分」の「実母の二十三回の祥月命日」であり、その法事で「仏壇の横にその日の仏が三つで死んだ自分の兄を抱いている、掛け軸に仕立てた下手《へた》な肖像画が下がっていた」(十三) のを目にします。一族の中でのさまざまな親子関係が、幾重にも重ねて描かれているようです。父との和解の日が、主人公「自分」が親になったことや実母の祥月命日で目にした肖像画と無関係ではないようです。しかし、そうしたことはこの小説にはっきりと書かれているわけではありません。むしろ、読者の側に用意されている親子の金言名句を前提としているのではないでしょうか。それは、文化的に家族を維持するひとつの制度の現れでもあるわけです。

## ● Lesson 1

この小説で、父と子の和解を容易に理解するために、読者の側に用意されている金言名句があるとすれば、それは以下のどれでしょうか。

a　子を持てばわかる親の気持ち
b　親の心を子知らず
c　親は無くても子は育つ
d　この親にしてこの子あり
e　子どものけんかに親が出る

和解の時とそれ以前とで、主人公「自分」の明らかな変化は何だと思いますか。それは、留女子の誕生ではないでしょうか。つまり、「自分」が親になったということです。そこから、父への気持ちや、母の「三つで死んだ自分の兄」への気持ちを理解できるようになったと読者が受けとめることが期待されているのではないでしょうか。「a　子を持てばわかる親の気持ち」という言葉は、今よりもさらに広く一般に知られていました。親子喧嘩や親の過剰な配慮などに対する子どもの反抗に対して、この言葉を口にする人が多かったのではないでしょうか。答えは「a」となります。

「自分」はようやく決心して、父と対面することになりました。「自分」のほうから、「今の関係をこのまま続けて行く事は無意味だ」（十三）といい、「ある事では私は悪いことをしたとも思います」（十三）といいます。それに対して父は、「実はおれもだんだん年は取って来るし」と始まり、「おれのほうから貴様を出そうという考えは少しもなかったのだ。それから今日までの事も……」と泣きだし、「自分」もまた「泣きだし」ます。この十三章が、「和解」という作品のクライマックスである、和解の場面でした。そして、和解の事実とそのことが生んだ感動とが家族で共有されることになります。父は母を呼んで、「今、順吉の話で、順吉もこれまでの事はまことに悪かったと思うから、将来はまた親子として長く交わって行きたいと言う……。そうだな？」といいます。「自分」は「ええ」と答えるだけですが、読者はそんなことを順吉がいっていたかなと困惑してしまいます。生真面目に「それ以上の事が真から望めるなら理想的な事です」とはいってますが。もちろん「それ以上の事」とは、ここでは父との永続的な和解です。確かに父が「自分」の「言」ったこととして話した先の事柄は、まあそんな意味でもあるだろうと読み飛ばすことも可能です。なぜなら、その後に、幾つもの和解による当事者を含めた家族たちの喜びが繰り返し書かれているからです。でも、それまでの順吉ならば、不快に思うはずだと思いませんか。そこで、次の設問を立ててみました。父親と「自分」の和解がテーマであることから考えてみましょう。

---

### ● Lesson 2

家族の会食に、弟の直三が遅れてくる場面があるのは、それがどのような事象を示す役割を持っているからでしょうか。

a　同じことをしてしまう異母兄弟の似た性格
b　相変わらず自分勝手で気が短い父親の行動
c　父と兄との和解で生じた異母弟直三の不快
d　父が気をもむ姿で深まる主人公の父親理解
e　家族という共同体で避けがたく生れる亀裂

---

十六章は最終章でもあるわけですが、ここで「父に好意をあ

らわしたいような欲求から自身の手で得た金でSKに父の肖像画をかいてもらって贈ろうという事を思い着」（十六）きます。そして、父からそのことの承諾を受けました。和解の日から三日後、いよいよ和やかな関係が構築されていく場面で、ほのぼのとした情景です。その日、父が「きょう、ちょうどみんな集まったから、どこかへ飯を食いに行こう」（十六）と家族の会食をいいだします。しかし、弟の順三がなかなか帰って来なくて、父が気をもみます。ここがLessonにした箇所でした。父の姿を見て、「三年半ほど前に、ある事で父に不愉快を感じた」ことを「自分」は思い出します。その日もまた、今日と同じ料理屋に家族で食事に行くという父の申し出があったのでした。そして、それを拒否して料理屋に行かなかったのが、その時の「自分」だったのです。その記憶は、「父がその時感じた不愉快に対しては今さらに気の毒な気がして来た」という感情を生みます。そして、「自分は和解の安定をもう疑う気はしない」と結ぶことになります。答えは「d　父が気をもむ姿で深まる主人公の父親理解」です。父という他者の心情を理解する「自分」が、反省的に表現されているのでしょう。

※本文中の引用は、志賀直哉『大津順吉・和解・ある男、その姉の死』岩波文庫（岩波書店、1960年）による。

Genre

# 自　然

●

レッスン

①　目取真俊「風音」

②　有島武郎「カインの末裔」

③　国木田独歩「武蔵野」

Genre 自　然

レッスン ①

# 目取真俊「風音」

三島由紀夫は『文章読本』(1959年) の「自然描写」の項を、「風景描写にかけては、日本の作家は世界に卓絶した名手だということができましょう」という一文から書き始めています。三島が述べているように、自然は日本の文学にとって特権的な対象のひとつでした。日本語という言葉がどのように自然を描き出してきたのか、そのことをまず確認していきましょう。

## ● Lesson 1

小学生のアキラたち数名の仲間が「垂直に切り立った崖を見上げ」ています。その崖の様子を、語り手は「緑の洪水がアキラたちの前に降り注ぐ」という一節で締めくくっています。その「緑の洪水」とは、どのような自然の様子を描写しているのでしょうか。想像して、200字程度で描き出して下さい。

「緑の洪水」という言葉から、みなさんはいったいどのような自然を思い浮かべましたか。崖一面を覆う青々とした植物、生命力溢れる豊かな自然。いずれも、独創的か否かはともかく、間違いではありません。背景となる「空」には気を配りましたか。匂いはどうでしょう。日本語には「草いきれ」という言葉があります。ぜひみなさんには、アキラたちが嗅いだと思われる匂いを鼻腔に感じてもらいたいものです。

さて、まずLessonに記されている「洪水」という比喩と「垂直に切り立った」という崖の描写に注目しましょう。この場面における緑は、アキラたちに癒しを与えるような自然ではないのです。それは見る者を優しく包み込む自然ではなく、見る者を畏怖させる挑発的な自然なのではないかと思えてきます。自然は、少なくとも文学をはじめとする芸術作品にあらわれる自然は、自然そのものだけでは意味を有するものとはなりません。自然の意味は、登場人物や視点人物、あるいは読者・鑑賞者といった見る主体に見られることで生まれます。「洪水」という比喩や「垂直に切り立った」という描写は、そこにある自然の客観的な姿を把握したものではなく、あくまでも登場人物や読者との関係性を指示していたのです。

Lessonで取り上げたのは目取真《めどるま》俊《しゅん》の「風音《ふうおん》」です。芥川賞を受賞した「水滴」が収録されている単行本『水滴』（文藝春秋、1997年）に入っている短編です。

目取真俊は1960年に沖縄県今帰仁村に生まれました。琉球大学を卒業後、「平和通りと名付けられた街を歩いて」(1986年)などで注目されて以来、沖縄を舞台に沖縄の過去と現在を往還する、刺激に満ちた作品を発表し続けています。「風音」も、目取真俊のそうした創作態度を明確に示した作品といえます。

「風音」の冒頭で、アキラたち数名の仲間は足を止め、「垂直に切り立った崖」を見上げます。そこでアキラたちが眼にしたのが「緑の洪水」でした。「風音」において「緑の洪水」は次のように描かれています。

村の中央を貫いて流れる入神川の河口に面して、所々に艦砲の跡が残る黄褐色の岩肌を剥き出しにした崖がつづいていた。その一角の中腹に、蜘蛛ヒトデの足のように細長い根を縦横に張りめぐらした榕樹が、扇状に枝を広げている。硬い光を浴びた深緑の葉が、風の無い空の青の中に鮮やかだった。枝から垂れた気根が村の祭に現れる獅子の体毛のように密生し、崖の下の柔らかな腐植土の甘酸っぱい匂いに誘われて秘やかに伸びている。その気根にからみつく昼顔の泡立つ若葉が陽の光を受けて溢れかえり、緑の洪水がアキラたちの前に降り注ぐ。

作品の冒頭に配置されたこの自然描写は、物語の舞台である沖縄へ、読者を誘う働きをしています。榕樹《ガジュマル》という言葉を眼にして、南国へのエキゾチックな憧れを抱いた人もいるかもしれません。しかし沖縄の息吹きを伝えるのは、亜熱帯に特有の景物だけではありません。「蜘蛛ヒトデ」や「獅子の体毛」といった比喩表現が、「張りめぐらす」「からみつく」などの動きのある表現と結びつくことで、横溢《おういつ》する生命力を見事にあらわしています。また「硬い光」と昼顔に注がれる「陽の光」が光の二重奏を奏で、「腐植土の甘酸っぱい匂い」が、パクチーやレモングラスのようなアクセントを場面全体に与えています。

「風音」の細部を疎かにしない自然描写は、見事なまでに沖縄の自然を読者に感じ取らせます。しかし注意したいのは、その描写が現実をありのままに写し出すリアリズムとは、少し異なったものに見えてしまうということです。異形のものを感得させる比喩と五感に訴えかける表現が過剰に使われることで、描写は自然を超越した何ものかに見えてきてしまいます。事実「風音」には、そうした自然描写が多々見受けられます。たとえば「若者の死体に群がる蟹の群れ」を描いたところなど、その典型といえます。「若者の体を余す所なく覆いつくした蟹は、幾重にも重なり合い、足をからませながら休む間もなく太いはさみを振り立てている」といった描写を、リアリズムと呼ぶことはやはりむずかしいでしょう。

目取真俊は、しばしば非リアリズムの作家、シュルレアリスム（超現実）の作家だといわれます。そしてマジックリアリズムを用いているということも、しばしば指摘されます。マジックリアリズムとは、比喩などを多用しつつ現実を過剰なまでに緻密に描き出すことで、現実を超越した、いわば幻想的な世界へと読者を誘う方法だといってよいでしょう。

ところで注意すべきは、目取真俊をマジックリアリズムの作家としてのみ評価してしまうことです。「風音」の自然描写を幻想的と評価してしまうとしたら、それは読者自身が温帯の温和な自然を自明なものとみなしていることの証しにしかなりません。自然に対する自らの認識を絶対視して疑わない自文化中心主義が、目取真俊の描く自然を魔術的に見せているのです。

忘れてはならないのは、目取真俊の重要なモチーフの一つが、琉球／沖縄を舞台に、本土（ヤマトゥー）を中心とみなす自文化中心主義を批判することだったということです。したがって目取真俊の一見マジックリアリズム的な自然描写は、幻想的でエキゾチックな雰囲気を醸し出すためだけのものではなかったのです。もう一度、先に引用した「風音」の冒頭の描写を読んで下さい。その最初の一文に「艦砲の跡」とあります。そう、目取真俊は自然描写のうちに歴史の痕跡を忍び込ませていたのです。

熱帯のむせ返るような琉球／沖縄の自然に点描された戦争の傷《きず》痕《あと》。そこに「風音」の自然描写の真骨頂があります。本土の人間にとってはリゾートであり癒しの島でしかない空間には、かつて本土の防波堤とされて激戦の場となった過去が宿っています。そして現在においても、基地を一身に背負わされています。過剰に描かれることで現実を超越してしまう目取真俊の自然は、その現実を現前させるために描かれていたのです。

三島由紀夫は「風景描写にかけては、日本の作家は世界に卓絶した名手だということができましょう」と述べていました。しかし目取真俊のテキストを読むことを通して、〝日本〟なるものが画一的な空間では決してないことを思い知ることになります。日本を均質空間と把握してしまうことが誤解であることに気づくためにも、ぜひ「風音」をはじめとする目取真俊の作品を、その自然描写に注意を払いつつ読んでみて下さい。

※本文中の引用は、目取真俊『水滴』文春文庫（文藝春秋、2000年）による。

Genre 自　然

レッスン ②

# 有島武郎「カインの末裔」

瘦せた馬の手綱《たづな》を取りながら、「彼れ」は「四里にわたるこの草原の上」を黙って歩いています。「彼れ」から5、6m遅れて、大きくて汚い風呂敷と「頭ばかり大きい赤坊をおぶった」妻が足を引きずるようにして歩いています。目的地が近づいたことに気づいた「彼れ」は、「はじめて」立ち止まりました。以上はある小説の冒頭部の物語を要約したものです。これを念頭に、Lessonに挑戦してみて下さい。

## ● Lesson 1

次の一節が舞台にしているのは、どこだと思いますか。

内地ならば庚申塚か石地蔵でもあるはずの所に、真黒になった一丈もありそうな標示杭が斜めになって立っていた。そこまで来ると干魚をやく香がかすかに彼れの鼻をうったと思った。

彼れははじめて立停った。

---

彼らが歩き続けている草原は、いったいどこにあるのでしょう。ヒントは最初の一文にあります。「内地ならば」という箇所に注目したいものです。いまでもなく草原は〝外地〟にあるのです。語り手は「内地」の読者に向けて、「内地」の常識を参照しつつ、人影もない〝外地〟の広大な草原について物語っていたのです。

その〝外地〟とは、どこなのか。ここで問われるのは、みなさんが〝日本〟なるものを、どのように想像するかです。たとえばみなさんは、「日本で一番高い山は？」と聞かれたら、どのように答えますか。多くの人がためらうことなく「富士山」と答えるでしょう。しかし戦前の〝日本〟では、最も高い山は富士山ではありませんでした。かつて「新高山」と呼ばれた台湾の玉山が〝日本一〟の山だったのです。1895（明28）年の下関条約で割譲されてから1945（昭20）年の日本の敗戦まで、台湾は日本の内なる〝外地〟でした。日本による植民地支配という嫌悪すべき状況であったにせよ、戦前の〝日本〟なるものを考える時には、現在の〝島国日本〟という常識に因われないことが必要となります。歴史家の網野善彦が指摘したように、

「中国東北、朝鮮半島を植民地としていた「大日本帝国」の時代」を視野に入れると、日本を孤立した「島国」とする見方が「きわめて底の浅い」常識でしかないことが一目瞭然となるのです（『日本論の視座』小学館、1993年）。

ところで〝外地〟は、かつて「大日本帝国」が植民地としていた地域だけを指していたわけではありません。たとえば沖縄も、本土に対して〝外地〟として表象される地域でした。

この項で取り上げたのは、有島武郎《ありしまたけお》の「カインの末裔《まつえい》」です。1917(大正６）年７月に「新小説」に発表された「カインの末裔」が舞台にしているのは北海道です。札幌農学校出身であり、北海道の広大な農地を父親から受け継いだ有島は、約12年北海道で過ごした経験を想起しつつ「カインの末裔」を書きました。この作品における〝外地〟とは、北海道だったのです。

「カインの末裔」は、人間と対立する自然の苛烈さを、多彩な比喩表現によって描き出したことで知られる作品です。地主階級に酷使される農夫たちは、自然と「争闘」しなければなりません。その自然は、たとえば次のように描かれていました。

遠慮会釈もなく迅風は山と野とをこめて吹きすさんだ。漆のような闇が大河の如く東へ東へと流れた。マッカリヌプリの絶巓の雪だけが燐光を放ってかすかに光っていた。荒らくれた大きな自然だけがそこに甦った。

「かすか」な「燐光」と比喩される「絶巓の雪」と、「大河」のような闇の対照によって、「大きな自然」の奥行きが生々しく形象化される一節です。「カインの末裔」の比喩的な描写は、人間の「争闘」などあっさり併呑してしまう、北海道の広大な自然を現前させています。

〝内地〟とは異なる〝外地〟北海道の自然について、戦後文学の代表的な作家・武田泰淳は「北海道の自然を、京都、奈良の寺や御所の庭のように、眺めるわけにはいかない」と述べていました（「北海道の原野」「日本経済新聞」1961年1月3日）。そうした他者性を帯びた自然を現前させた「カインの末裔」は、多くの文学者に影響を与えました。その一人に、「蟹工船」（1929年）で有名なプロレタリア文学者の小林多喜二がいます。たとえば多喜二は「カインの末裔の如き」作品を書きたいと思い、「防雪林」という作品を残しました。生活に困窮した挙げ句、〝内地〟から北海道に「移民」してきた農夫たちの自然との闘い、さらには地主階級への反抗を物語る「防雪林」は、「カインの末裔」が内包していたモチーフを受け継いだ佳作といってよいでしょう。そして「防雪林」の自然描写には、多喜二の小説家としての技量が惜しみなく発揮されています。

空には星が出ていた。遠くの方で雑木林か何かに風が当っているような音が不気味に絶えずしていた。どっちを見ても明り一つ見えなかった。遙か東南に、地平線のあたりがかすかに極く小部分明るく思われた。岩見沢だった。

「星」や「明り」といった視覚的形象の間隙に「不気味」な聴覚的形象を唐突に滑り込ませることで、自然の広大さが形象化されています。

多喜二は「防雪林」で、「死ぬ時は、内地で」と願いながらも北海道で苦しい生活を強いられる農夫たちの姿を描き出します。見事な自然描写を織り交ぜつつ、被支配階級たる農夫たちが地主という支配階級と闘争する姿を言語化したのです。

しかし、引用した「カインの末裔」と「防雪林」の自然描写を比較してみると、一点だけ決定的な差異があることに気づくはずです。地名です。多喜二は「防雪林」を本土の言葉だけを使って書いています。「カインの末裔」が「マッカリヌプリ」というアイヌの言葉を用いているのとは、あまりに対照的です。「カインの末裔」の冒頭を見てみましょう。

北海道の冬は空まで逼っていた。蝦夷富士といわれるマッカリヌプリの麓に続く胆振の大草原を、日本海から内浦湾に吹きぬける西風が、打寄せる紆濤のように跡から跡から吹き払っていった。

以後「カインの末裔」の語り手は「蝦夷富士」という本土の言葉でなく、「マッカリヌプリ」を使い続けます。あたかも、その地にアイヌが先住していたことを、読者に常に思い起こさせるかのように。「カインの末裔」は、地主階級に虐げられる農夫たちですら、アイヌから見れば、〝内地〟からやって来た侵略者に過ぎないということを露呈させています。それに対し多喜二の作品は被支配者としての農夫を際立たせようとするあまり、彼らの〝植民者〟としての姿を後景に退けてしまいました。それは〝内地〟から「移民」してきた農夫を物語ることによって、結果としてアイヌの問題を隠蔽してしまう物語と化したのです。

　自然描写の読解は、有島のテキストが宿していた可能性を開示し、弱者の立場に立っているかに見える多喜二のテキストが隠蔽していた問題を明るみに出しました。自然描写が伝えるのは自然の姿だけではありません。自然に対峙する作家の姿も露わにしてしまうのです。

※本文中の引用は、有島武郎『カインの末裔　クララの出家』岩波文庫（岩波書店、1940年）による。

Genre 自　然

レッスン ③

# 国木田独歩「武蔵野」

自然についての認識や自然描写について考えようとする時、きわめて示唆的な文章が、明代の文学者・田汝成《でんじょせい》が書いた『西湖遊覧志余』に収録されています。

南宋の孝宗は、地方官が辞令を受け取る時の儀式を厳しく履行する皇帝でした。蜀の人が蜀の長官となる時でも、都からは遠方だったにも関わらず、拝謁の儀式に参加しなければなりません。ある時蜀の長官になる人が拝謁の義に参加することになったのですが、もともと文章を得意としなかった人なので憂鬱で仕方ありませんでした。するとある夜、信仰していた神様が夢に出てきて、皇帝に何と答えればよいか教えてくれました。当日、案の定皇帝は「道中の三峡の風景はどうだったか」と尋ねました。三峡とは長江上流の峡谷で景勝地として知られる場所です。蜀の人は、神様が夢で告げてくれた通りに答えました。すると皇帝は「三峡の風景が目に浮かぶようだ(三峡之景、宛在目中)」とたいそう褒めて、その人を中央政府の役職に就けようとしました。

さて、まずLessonに入りましょう。

## ● Lesson 1

皇帝が褒めた蜀の人の返答はどのようなものだったのでしょうか。想像してみて下さい。また今日の通学路の風景を、皇帝に奏上するつもりで、描き出して下さい。

さてみなさんはどのように通学路の風景を描き出しましたか。皇帝に「通学路の風景が目に浮かぶようだ」と褒められるくらいにうまく描き出しましたか。

夢で神様が告げ、蜀の人が皇帝に奏上した「三峡之景」は「両辺山木合、終日子規啼」という杜甫の詩の一節でした。もし仮に返事の内容が、目にした風景を蜀の人の言葉で描き出しただけだったら、皇帝はさほど感動することもなかったでしょう。孝宗にとって重要だったのは、目の前の風景を正確に写実することよりも、杜甫の詩という文学の教養でした。杜甫の詩によって、「三峡之景」ははじめてリアルなものとなったのです。

南宋の孝宗の風景認識と現在の私たちの風景認識は、まったく異質のものです。もちろん自然というものは、いつだってそこにあります。しかし、その〝もの〟をどのように認識するのかは、つねに同じというわけではなかったのです。風景には歴史があり、眼差しにも歴史があります。それらは決して普遍的なものではなかったのです。

これは中国に限りません。民俗学者の柳田国男は「紀行文学の弊」と題したエッセイで、日本は「名ある古人を思慕することが、無名の山川を愛する情けよりも優っている国柄」だと述べています（「太陽」1926年6月）。日本もまた、眼前のものを自分の目で見て描き出すよりも、「名ある古人」の記憶を通して、いわば色眼鏡を掛けて把捉することを好んだのでした。

近代文学とは、いうならば、いかにして色眼鏡を取り外すかという試行錯誤の中から生み出されたのです。「名ある古人」に束縛されない「態度の自由」は、どうすれば可能になるのか。近代の優れた文学者たちは、色眼鏡を通さずに自然を捉える実験を繰り返したのです。

そうした文学者たちの中で忘れてはならないのが、柳田国男とともに1897（明30）年に『抒情詩』（民友社）を刊行した国木田独歩です。『抒情詩』に「独歩吟」を発表した独歩は、翌年「武蔵野」（原題「今の武蔵野」「国民之友」1月～2月）を発表しました。

「武蔵野」の冒頭で語り手は「画や歌でばかり想像して居る武蔵野をその俤ばかりでも見たい」という欲望を表明します。彼もまた「名ある古人」に心惹かれる「国柄」の人間だったのです。しかし彼は「自分が今見る武蔵野」を描き出していきます。自分自身が書いていた日記を素材に、彼は「詩趣」に満ちた武蔵野について語っていくのです。

まず注目したいのが、「武蔵野」に引用されている種本となった日記と、語り手が描写していく自然描写の相違です。たとえば日記には、次のような一節が見られます。

三十年一月十三日―「…降雪火影にきらめきて舞ふ。ああ武蔵野沈黙す。而も耳を澄せば遠き彼方の林をあたる風の音す、果して風声か。」

美しい文語が簡潔に書き連ねられています。武蔵野の面影が漢語のただ中に浮かび上がってくるようです。とりわけ注目したいのが、音に着目して自然が描かれているということです。国木田独歩は〝耳の詩人〟でした。彼の描く自然には、いつも音の響きがあります。そのような詩人が、自らの日記を題材にどのような武蔵野を描いたのでしょう。

「武蔵野」の語り手は、「耳を傾けて聞くということがどんなに秋の末から冬へかけての、今の武蔵野の心に適っているだろう」と述べ、武蔵野の音を次のように並べていきます。

独り淋しそうに道をいそぐ女の足音。遠く響く砲声。隣の林でだしぬけに起る鉄音《つつおと》。自分が一度犬をつれ、近処の林を訪い、切株に腰をっかえて書《ほん》を読んで居ると、突然林の奥で物の落ちたような音がした。足もとに臥《ね》て居た犬が耳を立ててきっとその方を見詰めた。それぎりで有った。多分栗《くり》が落ちたのだろう、武蔵野には栗樹《くりのき》も随分多いから。

独歩が〝耳の詩人〟であるということは、もはや一目瞭然でしょう。砲声から栗が落ちるかそけき音まで、人為的な音から自然の音まで、大小強弱さまざまな音が紙面に響きます。先に掲げた日記の漢文調の文章に比べて、この言文一致体の文章の自然描写はきわめて具体的で、詳細なものとなっています。文語文ではどこか観念的にしか捉えられなかった自然が、言文一致体によって具体的に描き出せるようになりました。まさしくこれこそが自分の目や耳で把捉した自然の風景でしょう。〝眼差しの近代化〟は言文一致体によって可能になったのです。

「武蔵野」には、言文一致体によって可能になった自然の姿がちりばめられています。たとえば「落葉林の美」も、「武蔵野」が発見したものです。語り手が指摘するように、「林といえば重に松林のみが日本の文学美術上に認められて」いました。しかし語り手は、言文一致体のある文章に触れて、これまで顧みられなかった新しい風景に開眼したのです。言文一致体の文章が新しい認識をもたらしたのです。それでは、Lessonです。

## ● Lesson 2

「武蔵野」の語り手に新しい風景をもたらすきっかけとなった言文一致体の文章は、誰が書いた何という作品でしょう？

答えは二葉亭四迷の「あひびき」です。ロシアの文学者・ツルゲーネフの「猟人日記」を訳したものです。言文一致体というと二葉亭の小説「浮雲」が有名ですが、後世の文学者に影響を与えたのは、実は「あひびき」をはじめとする二葉亭によるロシア文学の翻訳でした。国木田独歩は、二葉亭四迷が翻訳で実践した言文一致体を自分のものにすることで、「自分が今見る武蔵野の美しさ」を認識し描けるようになったのです。

「武蔵野」が自然描写を近代的なものとしたといっても過言ではないでしょう。しかし「武蔵野」には言文一致体による近代的で清新な自然描写とともに、文語によって描かれた硬質な自然描写も含まれていました。注意したいのは、前者こそ新しく素晴らしいもので、後者は忘れ去られていい旧弊な言葉・描写だという思い込みに陥ってしまうことです。

いま私たちは、近代をも相対化することが可能な地平に立っています。そうした地平から顧みると、「武蔵野」で最も興味深いのは、私たちが手にしている日本語ではもはや不可能になってしまった多様なる表現と、その表現による多様な自然描写が内包されていることなのです。「武蔵野」が収録された短編集『武蔵野』（1901年）には、言文一致体で描かれた作品もあれば、文語文調で自然を描いた作品も収録されています。多様なる文体の混合。このハイブリッドな短編集には、日本語が潜在的にもっている多様な可能性が示唆されているのです。

※本文中の引用は、国木田独歩『武蔵野』新潮文庫（新潮社、1949年）による。

Genre

# 異　界

●

レッスン

① 桐野夏生「月下の楽園」

② 谷崎潤一郎「秘密」

③ 泉鏡花「高野聖」

レッスン ①

# 桐野夏生「月下の楽園」

「竹取物語」を引くまでもなく、古来〝異界〟は文学を活性化させる重要な要素でした。民俗学者であり国文学者でもあった折口信夫《おりくちしのぶ》は「文芸の原始的動機」として「解脱に対する憧憬」、すなわち現実のあらゆる束縛から人間を解き放つ「空想的存在としての他郷」への「憧憬」をあげていました（「異境意識の進展」「アララギ」1916年11月）。この折口の指摘は、「古事記」や「万葉集」にのみあてはまるものではありません。近代文学も、そして現代に生み出され続けている文学においても、「異境意識」は大きな役割を果たし続けています。

この項で取り上げるのは、桐野夏生《きりのなつお》の「月下の楽園」です。「小説すばる」1994年1月号に発表された短編です。後に単行本『錆びる心』（1997年）に収録されました。

江戸川乱歩賞を受賞した『顔に降りかかる雨』以来、桐野夏生は『OUT』（1997年）、『柔らかな頬』（1999年）、『グロテスク』（2003年）といった傑作を生み出し続けています。推理小説でデビューした桐野夏生の諸作品は、もちろんエンターテイメントとしても一級品です。起伏に富んだストーリーの素早い展開は、読者を飽きさせません。しかし同時に、それら諸作品は、現代社会が内包するさまざまな問題を、冷徹な眼差しのもとで鋭く提起したものとしても知られています。

それではLessonです。

---

## ● Lesson 1

この短編は、「月下の楽園」という異界を舞台にしています。冒頭の一文では、その楽園を眼にした主人公の宮田の様子が、次のようにつづられていました。空欄に入れるにふさわしい、私たちに身近な楽園＝異界とは、何でしょう。

女に一目惚れなどしたことはないが、神崎家の［　　　　］を外から見た時、興奮のあまり、宮田の体は震えた。これだ、といまだかつて感じたことのない強い予感があって、顔が紅潮さえした。

---

異界というと、どうしても遠く彼方にある世界を思い浮かべ

てしまいます。むろん彼方の世界への憧れが「異境意識」を形づくってきたという側面を無視することはできません。しかし折口信夫が述べていたように、文学において重要なのは「空想的存在としての他郷」です。偉大なクリエーターであっても、いきなり彼方の世界を創造することはできません。誰もが、身近な物事をきっかけに、異界を創り出していくのです。

私たちの日常には、異界を紡ぎ出す契機となるものが、そこここに転がっています。トイレ、押し入れ、クローゼット。いずれも異界への入り口、あるいは異界そのものとして、怪談やホラー映画などでは特権的な場として扱われています。机の引き出しも忘れてはなりません。ドラえもんがのび太の日常に到来したのは、机の引き出しからでした。

Lesson 1の答えは「庭」です。近代日本の代表的な作庭家・重森《しげもり》三玲《みれい》は、「日本庭園に古くから創意された山水」は、「海に囲まれて」生活している日本人の「海景に心ひかれる」心象を象徴的に表現したものだと述べていました(『枯山水』中央公論新社、2008年)。庭は、「憧憬」された異界を形象化したものだったのです。

また、英文学者川崎寿彦は、庭の起源は楽園であり、楽園とは「隔てられ、囲われ、守られていなければならない」土地だったと指摘しています(『楽園と庭』中央公論社、1984年)。土地は、周囲を取り囲まれることで、異界としての相貌を露わにするのです。

そうした異界としての庭を、桐野夏生は見事に形象化しました。「月下の楽園」の主人公・宮田は、「荒れ果てた庭」を好む塾講師です。庭を眺めて暮らしたいと、東京近郊までやって来て、不動産屋が紹介してくれた「敷地だけで軽く二千坪はありそうな大きな屋敷」の庭を見て、一目惚れしたのです。

しかし宮田が借りた離れからは、母屋の庭は見られないようになっていました。「母屋と主庭を隠すように高いコンクリート塀が巡らされて」おり、しかも塀の上には侵入者を防ぐための砕かれたビール瓶が埋め込まれています。境界が堅固に囲われ、越境がむずかしければむずかしいほど、異界への「憧憬」は強まります。主人公に進入を禁じることで、「月下の楽園」における庭の異界性はどんどん増していきます。

宮田は何とか境界を越えようとします。そして彼は、離れの庭から母屋の庭に続いている防空壕の跡を見つけます。「この防空壕をトンネルがわりに使えば」と思いつき、宮田は母屋の庭側に位置する防空壕の天井に穴を開けます。防空壕＝トンネルが、宮田を異界へと誘う通路と化したのです。

トンネル、それもまた異界への通路として、しばしば用いられる装置です。スタジオジブリの『千と千尋の神隠し』(2001年）で、千尋とその両親を不思議な街に運んだのも、森の中の奇妙なトンネルでした。宮田も、急造の地下道を潜って、憧れ続けた庭を存分に享受します。

さてLessonです。

---

## ● Lesson 2

宮田が眼にした庭の光景は、次のように描かれています。この庭＝異界は、どのような世界の寓意となっているのでしょう。

折から、満月の光が荒れた庭園を照らし出している。その青白い光で、樹木の幹や枝がはっきりと形を現し、宮田に行く手を指し示した。死んだ池には、唯一の生き物のような月が白々と映り、昔は絶え間なく水を流したはずの流れは、赤や黄色の枯れ葉が溜まって、落ち葉の道となっていた。

---

月の「青白い光」で照らされた庭にあるのは、「死んだ池」であり、「枯れ葉」であり、「落ち葉」です。生を感じさせるのは、池に映った月だけです。宮田が好む「荒れた庭園」が見事に描き出されます。では、この庭が寓意しているのは、どのよ

うな世界なのでしょう。

宮田の廃墟趣味は、母親が死んだ時から始まったといいます。「母親の死体の横で添い寝」をした宮田は、「いままで感じたことのない愛情」を母親に抱きました。「母親の死体に新しい愛情を感じた瞬間と同じ」く、荒れた庭は「解放された気分」を宮田にもたらしたのです。宮田にとって荒れ果てた庭は、すなわち母親の死体と同等のものだったのです。

とすれば、庭が何を寓意しているのか、もはや明らかでしょう。あの世、彼岸、冥界。すなわち宮田が訪れた庭は、死の空間だったのです。宮田が見つけた防空壕は、黄泉《よみ》の国へと人を誘う地下道にほかなりません。

桐野夏生は、死の空間としての庭を周到に描き出しています。此岸《しがん》との境界をきっちり描き出し、周囲と隔絶した禁断の地としての庭を彼岸として形象化したのです。

彼岸に足を踏み入れた宮田のその後については、ぜひ作品を手に取って、みなさん自身で確認して下さい。また桐野夏生は、その後も異界を舞台にした問題作を出し続けています。たとえば絶海の無人島を舞台にした『東京島』(2005年)が、その典型といえます。桐野夏生の物語を楽しみ、ぜひそのうえで、桐野夏生が現代社会に投げかける問いかけを受けとめてもらいたいと思います。

※本文中の引用は、桐野夏生『錆びる心』文春文庫(文藝春秋、2000年)による。

Genre 異　界

レッスン ②

# 谷崎潤一郎「秘密」

谷崎潤一郎は、殺風景な日常を色鮮やかな世界に変換させ、豊饒なる物語を紡ぎ出した作家です。いいかえるなら谷崎は、何気ない日常世界を異界として捉えることに長けた、優れた小説家だったのです。

谷崎の有名なエッセイ「陰翳礼賛《いんえいらいさん》」(1933年) には、日常を異界化するための方法が書かれています。「美」は「陰翳のあや」にあると考える谷崎は、西洋人が口にする「東洋の神秘」というものも、「暗がりが持つ無気味な静かさ」に宿るのだと言います。しかし谷崎によれば、近代の日本人は「電灯の明り」に馴れ、美や神秘のより所である「闇」の存在を忘れつつあります。「陰翳の世界を、せめて文学の領域へでも呼び返してみたい」という谷崎は、「陰翳礼賛」を「まあどう云う工合になるか、試しに電灯を消してみることだ」という一文で締めくくりました。ここで谷崎が促す電灯を消すという何気ない行為は、実のところ光に満ちた近代の日常を異界にする過激な振る舞いだったのではないでしょうか。電灯を消さなければ、「闇の中に住む」「女の幽鬼じみた美しさ」を感得することはできません。

電灯を消すことで、薄っぺらな日常は、深さを内に秘めた闇の世界、つまり異界としての相貌をあらわすのでしょう。

ではLessonです。

---

## ● Lesson 1

電灯を消すこと以外に、日常を異界にするには、どのような方法があると思いますか。いくつかあげてみて下さい。

---

異界という彼岸を外の世界に求めようとしても、そう簡単に見つかるものではありません。大航海時代を経て近代以降、探検に値する未知なる世界は、この地球上にはほとんど残されていません。にもかかわらず人間は、未知なる世界を希求する心性を根強く持っています。それゆえ、そのロマン主義的な心性を満足させる方法を、文学者たちはさまざまに編み出してきたのです。電灯を消すことも、そうした方法のひとつです。あるいは眼鏡を外すこと。たとえば太宰治の「女生徒」(1939年)には、「眼鏡をとって、遠くを見る」と「覗き絵みたいに、すば

らしい」という一節があります。眼鏡を外すことで、既知の日常は「夢のよう」な異界として立ち現れてくるのです。

さて、みなさんはどのような方法を思いついたでしょう。逆立ちをしてみてもよいでしょう。普段自転車で通っている道をゆっくり歩いてみてもいいでしょう。今まで昇ったことのなかった高い建物のてっぺんから、自分の住んでいる街を望遠鏡で眺めてみて下さい。きっと見慣れた街の異界としての姿に気づくのではないでしょうか。

では谷崎潤一郎に戻りましょう。取り上げるのは「秘密」という短編です。1911（明44）年11月に「中央公論」に掲載されました。前年に「刺青《しせい》」でデビューした谷崎の新進作家時代の作品ですが、日常を異界化してしまう谷崎の才能がいかんなく発揮されています。

語り手の「私」は「人形町で生れて二十年来永住している東京の町の中に、一度も足を踏み入れた事のないと云う通りが、屹度《きっと》あるに違いない」と考え、「不思議な別世界」を求めて、東京をくまなく歩き回りました。そして浅草にある「ごみ溜めの箱を覆《くつがえ》した」ような「貧民窟《ひんみんくつ》」の側にある真言宗の寺を借りて、「隠遁」の生活を始めます。住み慣れた東京を「別世界」にしてしまう第一の方法は、転居することでした。住む場所を変え、それまでの人間関係を断ち切って「隠遁」することで、見慣れた日常は異界に近づきます。

しかしこの第一の方法は、さほど興味深いものではありません。「私」は東京に未知なる世界を発見するのですが、その未知は、「私」個人にとって、たまたま既知でなかったというだけだからです。「私」が借りた寺周辺を知っている人にしてみれば、「私」のいう「不思議な別世界」は凡庸なる日常に過ぎません。その世界でロマン主義的な心性を満足させたとしても、それは「私」の自己満足にしかなりません。

では「私」はどうしたのか。「現実をかけ離れた野蛮な高等な夢幻的な空気の中に、棲息すること」を望んでも、そうした心性を満足させる世界が外にないのなら、どうするのか。「秘密」が提案するのは、自分を変えてしまう方法です。外の世界が同じでも、見る側が変化すれば、外もこれまでとは違う相貌を見せるようになります。はじめて高校の制服を着て外に出た時の緊張感を思い出して下さい。服装を変えることで自分と世界の関係は変容し、既知の世界が未知なる異界へと転換するのです。

「私」は「毎晩服装を取り替え」ます。「着け髭、ほくろ、痣と、いろいろに面体を換え」ながら、公園や街中を歩き回ります。そうすることで、見慣れた世界を異界へと変貌させてしまうのです。変相が変えるのは自分自身だけではありません。変相は自分を取り巻く世界を一変させてしまうのです。

それではLessonです。

● **Lesson 2**

次の一節を読み、「私」はどのように姿を変えているのか、また「私」の「秘密」とは何か、考えて下さい。

いつも見馴れて居る公園の夜の騒擾《そうじょう》も、「秘密」を持って居る私の眼には、凡べてが新しかった。何処へ行っても、何を見ても、始めて接する物のように、珍しく奇妙であった。人間の瞳を欺《あざむ》き、電灯の光を欺いて、濃艶《のうえん》な脂粉とちりめんの衣装の下に自分を潜ませながら、「秘密」の帷《とばり》を一枚隔てて眺める為めに、恐らく平凡な現実が、夢のような不思議な色彩を施されるのであろう。

「濃艶な脂粉とちりめんの衣装」といった記述から、「私」のおおよその姿を想像することができたでしょうか。引用部分の前では、「私の肉体は、凡べて普通の女の皮膚が味わうと同等の触感を与えられ、襟足から手頸まで白く塗って、銀杏返しの鬘の上にお高祖頭巾《こそずきん》を被り、思い切って往来の夜道へ紛れ込んだ」と記述されています。もうおわかりでしょう。「私」は女装したのです。古道具屋で見かけた「女物の袷《あわせ》」を着て念入りに化粧を施して、「立派に女と化け終せた」うえで、外に出たのです。そうすることで平凡な世界が、「夢のような不思議な色彩を施され」た異界として眼前に立ち現れたのです。

しかも服装におけるジェンダーの変化によって、「私」は、どうやら性の境界までも越えてしまったようです。「私の体の血管には、自然と女のような血が流れ始め、男らしい気分や姿勢はだんだんとなくなって行くようであった」と描かれています。そして、「私の前後を擦れ違う幾人の女の群も、皆私を同類と認めて訝《あや》しまない」状態となります。そうすると「私」の「秘密」も明らかでしょう。「私」の「秘密」とは、すなわち男であることです。「私」は男であることを「秘密」にして、女として世界を眺めることで、世界を異界として享受したのです。

「秘密」に限らず、谷崎潤一郎の作品には、退屈な日常から抜け出すさまざまな方途が隠されています。ぜひ谷崎の作品を手に取り、殺風景な日常を豊饒なる異界へと変容する術を体得して下さい。異界が存在する外の世界など、地球上のどこを探しても、もはやないのかもしれません。しかし眼前の見飽きた世界を異界と化してしまう方法は、まだまだ探求し尽くされていないようです。

※本文中の引用は、谷崎潤一郎『刺青・秘密』新潮文庫(新潮社、1969年)による。

Genre 異　界

レッスン ③

# 泉鏡花「高野聖」

異界といえば泉鏡花、泉鏡花といえば異界。泉鏡花は近代日本における異界譚《たん》のスペシャリストです。

鏡花の没後、谷崎潤一郎は追悼文で、「独特」で誰にもまねできない鏡花の「個性」について語り、「浪漫派」の一言では説明しきれない「鏡花世界」を称えました。「神秘で、怪奇で、縹《ひょう》渺《びょう》としてはいるけれども、本質に於《お》いて、明るく、花やかで、優美で、天真爛漫でさえある」。鏡花が物語る世界は魅力に満ちた異界です。その世界の一端を見ていくことにしましょう。

取り上げるのは「高野聖《こうやひじり》」です。1900（明33）年の「新小説」に発表され、鏡花の代表作として知られています。

「高野聖」はちょっと複雑な形式をもった作品です。旅の途中で道連れになった上人《しょうにん》から、ある人物が越前敦賀の旅籠屋《はたごや》で不思議な話を聞かされます。私たち読者は、上人が「私」に向けて語る物語を、傍らで盗み聞きするかのようにして物語の内容を追っていかねばなりません。これは「大鏡」を思わせる語りの形式です。「大鏡」は、大宅世継と夏山繁樹が若侍を相手に昔のことを語るのを、傍らに居合わせた作者が聞き書きするという形式を取った歴史物語でした。

異界譚の優れた語り手は、摩訶不思議《まかふしぎ》な物語を、虚構ではなく現実に起こったことだと読者に信じ込ませようとします。その時に重要な役割を果たすのが〝語り〟です。うまく語られれば、この世ならぬ物語も〝本当にあった話〟として流通していきます。〝語り〟とはだますこと、すなわち〝騙《かた》り〟であるとはよくいわれることですが、泉鏡花のような異界譚の名手は、〝騙り〟にもなる〝語り〟の効果に敏感でした。魑魅魍魎《ちみもうりょう》が動き回る異界譚でありながら、「高野聖」がほら話に見えない要因のひとつは、鏡花が周到に練り上げた〝語り〟の形式によるところが大きいでしょう。ちなみに「高野聖」の物語には、さまざまな矛盾、不整合な箇所が見受けられます。〝語り〟に惑わされずに〝騙り〟の箇所を探してみてもおもしろいかと思います。

さて、上人が「私」に語ったのは、飛騨から信州にかけて山越えをする際の奇譚です。上人は山中の旧道を難儀しながら歩いていきます。大水のため消滅した村の跡を通り過ぎ、大蛇をやり過ごしたかと思えば、「生血《いきち》をしたたかに吸込む」「図抜けて余り大きい」山蛭《やまひる》が上から降ってくる暗い森に悩まされつつ、歩を進めます。この世ならぬ気配が濃厚に漂う空間が、上人の語りによって徐々に繰り広げられていきます。まさしく異界が、読者の前に開示されるのです。にもかかわらず注意すべきは、上人の語る世界がうそのものでなく、現実の世界につなぎとめられたものと感じられてしまうということです。その一因は、先にも述べたように〝語り〟にあるでしょう。しかしもうひとつの要因も忘れてはならないでしょう。

ではLessonです。

---

## ● Lesson 1

次の一節に含まれる空欄には、何を補えばよいでしょう。道中で上人が繰り返し見るもので、上人の経験が現実のものであることを、読者に印象づける役割を担っているものです。

又二里ばかり大蛇《おろち》の蜿《うね》るような坂を、山懐《やまぶところ》に突当って岩角を曲って、木の根を繞《めぐ》って参ったが此処《ここ》のことで。余りの道じゃったから、[　　　　] を開いて見ました。

何やっぱり道は同一《おんなじ》で聞いたにも見たのにも変《かわり》はない、旧道は此方《こちら》に相違はないから心遣《や》りにも何にもならず、固《もと》より歴《れっき》とした図面というて、描いてある道は唯《ただ》栗の毬《いが》の上へ赤い筋が引張ってあるばかり。

---

さて何が入るかわかりましたか。旧道を確認しているくだりから明らかでしょう。答えは、「地図」です。正確には、「参謀本部の絵図面」です。「私」に語る物語の中で、上人はしばしば地図を参照します。あたかも自分の経験したことが、現実の出来事であることを強調するかのように。そもそも「高野聖」の冒頭も地図から始まっていたのです。

参謀本部編纂の地図を又繰開いて見るでもなかろう、と思ったけれども、余りの道じゃから、手を触《ふる》るさえ暑くるしい、旅の法衣《ころも》の袖をかかげて、表紙を附けた折本になってるのを引張出した。

参謀本部とは陸軍の最高統轄機関であり、その管轄下には陸軍測量部がありました。現在の国土地理院の前身です。その陸軍測量部が作成した地図は、当時としては最も信用のおけるものでした。このような信頼に足る地図を参照しつつ上人の〝語り〟は進みます。〝語り〟が〝騙り〟に感じられない所以《ゆえん》です。

地図の役割について、もう少し厳密に考えることもできます。地図は単に奇譚を現実につなぎ止めているだけでなく、現実世界そのものが近代的な知によって覆われてしまっていることを示しています。すべてが既知になった時代に、鏡花は未知の異界を創造しようとしたのです。また上人が足を踏み入れた異界は、地図が表象する知のネットワークの周縁に位置しています。中心／周縁という二項対立を巧みに利用することで、「高野聖」の異界は、近代的な世界に位置づけられたのです。

ところで上人は、前半部では「宗門名誉の説教師で、六明寺《りくみんじ》の宗朝《そうちょう》という大和尚《だいおしょう》であったそうな」と紹介されていました。しかし奇譚を語り終え、翌朝「私」と別れる時には「高野聖」と呼ばれます。「私」は、「名残惜しく見送ると、ちらちらと雪の降るなかを次第に高く坂道を上る聖の姿、あたかも雲に駕《が》して行くように見えたのである」と、上人の姿を描き出します。ここに異界がもつ重要な役割をうかがうことができるでしょう。異界に参入し異界から帰還することで、上人は聖なる存在へと転化しました。一介の「法界坊《ほうかいぼう》」、すなわち乞食坊主に過ぎなかった上人を聖なる存在にする場、それが異界だったのです。

異界には人を変容させる力が宿っています。人は異界を通ることで成長します。つまり異界は、通過儀礼《イニシエーション》の場として機能をもっていたのです。

こうした役割を担う異界を内包する物語を、折口信夫に倣って、「流離譚《りゅうりたん》」と呼ぶこともできましょう。物語には〝型〟があります。その物語の型として、「日本の創意」と題した草稿で折口は、「流離・困憊《こんぱい》の極、死の解脱により、ここにはじめて転生して、神となる主題」をあげていました。この神への転生を促す場を異界とみなすことも可能なのです。とりわけ「貴種《きしゅ》の男女」が流離することで転生する物語が多く存在するため、この物語の型は「貴種流離譚《りゅうりたん》」という呼び名で広く知られています。「貴種の男女」は物語の型に則って、艱難辛苦《かんなんしんく》に耐えなくてはなりません。この苦難の経験をもたらす場が異界なのです。

それではLessonです。

---

## ● Lesson 2

物語の登場人物が「流離」することで成長し変容していく物語の具体例を、いくつかあげて下さい。またその物語において、登場人物を転生させる「異界」としての役割を果たしていたのがどのような場だったのか、答えて下さい。

---

たとえば「源氏物語」。折口も述べているように、「源氏物語」において光源氏が須磨・明石で味わう「流離の苦しみ」は、まさしく貴種流離譚の典型です。「伊勢物語」における東下《あずまくだ》りも、貴種流離譚として有名でしょう。そしてこれら物語において異界の役割を果たしているのは須磨・明石であり、東国です。むろ

ん流離譚は古典に限りません。近代や現代の文学においても、さまざまに変奏されています。「とかくに人の世は住みにくい」という思いで「非人情の天地」に「余」がやって来る夏目漱石の「草枕」（1906年）は、自発的な流離譚という側面をもっています。また15歳の誕生日に家出をして四国に向かうカフカ少年を物語った村上春樹の『海辺のカフカ』（2002年）は、流離譚の現代的変奏のお手本ともいうべきものです。ちなみにカフカ少年が赴く四国の奥深い山中は、「高野聖」を髣髴《ほうふつ》とさせます。異界を媒介に比べてみると、思いの外、村上春樹は泉鏡花の近くにいます。文学だけでなく、マンガ、アニメ、ゲームと視野を広げていくのなら、きっと無数の流離譚が思い浮かぶはずです。

ファンタジーやアナザーワールドが溢れる今日、異界譚の原点ともいうべき泉鏡花の妖しい世界に惑溺《わくでき》してみてはいかがでしょう。

※本文中の引用は、泉鏡花『歌行燈・高野聖』新潮文庫（新潮社、1950年）による。

Genre

# 病い

●

レッスン

① 小川洋子「完璧な病室」

② 太宰治「皮膚と心」

③ 森鷗外「高瀬舟」

レッスン ①

# 小川洋子「完璧な病室」

卒業、けんか、留学、引越しなど、みなさんにも大切な人と別れなければならなかった経験があると思います。とくに、さまざまな別れの中でも、「病いによる別れ」や「死による別れ」は人間にとって避けられない出来事です。

「万葉集」の時代から、文学作品は「病いによる別れ」や「死による別れ」を描いてきました。この項では、小川洋子の小説を題材に、病いと死がもたらす別れの様相をたどっていきましょう。

「生と死」は、対義的なものであるとみなされがちです。しかしたとえば、「人間は不完全な死体として生まれ、完全な死体となる」という表現があるように、一概に「生と死」を相反するものとしてとらえることはできません。小川洋子は、人間の生活や感情の機微を繊細な筆致で描く作家として知られていますが、その作品は日常生活の中に潜む「生と死」の複雑な連環を私たちに教えてくれます。

芥川賞受賞作である「妊娠カレンダー」(1991年)には、発ガン性物質が付着しているかもしれないグレープフルーツを使って手作りジャムを作り、妊娠中の姉に食べさせる妹が登場します。もちろん、この妹の行動を悪意に満ちたものとして、倫理的に断罪することは可能でしょう。

しかし、つわりで混乱する姉を労わりながら、妹は姉のお腹の胎児を「染色体」としてしか認識できないのです。このような心理は、生命の誕生も終末も、テクノロジーで統御できるようになった現代を生きる私たちが、密かに有しているものなのかもしれません。

「妊娠カレンダー」は姉妹の物語ですが、この項では、「完璧な病室」(1989年)と題された姉弟の物語を題材にします。「わたし」が秘書を務める東京の大学病院に、「弟」が骨髄の病いで入院することになりました。少し前まで、「弟」は元気に大学へ通っていたのですが、病いは非常に重く、十数か月の闘病の末、亡くなります。「完璧な病室」は、この十数か月間の姉と弟の姿を描いた作品です。物語は、次のような一節からはじまります。

---

## ● Lesson 1

空欄には果物の名称が入ります。何が入るか考えて下さい。

弟のことを考える時、わたしの胸は(　　)が割けたような痛みを感じる。なぜだろう。それはたぶん、わたしたちが二人きりの姉弟で、両親の愛情にあまり恵まれなかったからだろう。そして弟が、信じられないくらいの若さで、死んでしまったからだろうと思う。誰だって、二十一の青年の死を容易に想像することなんてできないだろう。二十一といえば、人間が一番死と無関係でいられる時だ。

だから、弟はわたしにとってあまりにいとおしい存在なのだ。このいとおしい気持ちというのは、わたしが他のどんな人間に対しても持ったことのない種類の気持ちだ。父にも、母にも、夫にも、そして自分自身に対してもだ。

---

果物の名称を使った比喩表現は、数多くあります。「リンゴのほっぺ」「水蜜桃《すいみつとう》のような肌」「葡萄《ぶどう》の瞳」など、果物の色彩や質感をもとにイメージを広げていくことができます。

では、「あまりにいとおしい存在」と別れなければならなかった「痛み」は、どのように表現すればよいでしょうか。「割けた」という動詞と組み合わせることができる果物とは、何か。正解は「石榴《ざくろ》」です。みなさんにとって、あまり馴染みのない果物かもしれませんが、一度、「石榴」を眼にすれば、この比喩表現が卓越したものであることがわかると思います。

赤茶色い表皮に包まれた「石榴」の外観、表皮が割けると中から小さなゼリー状の赤い種子がこぼれ落ちるイメージは、まさに「わたしの胸＝心臓」につながるものです。

また、世界各地に「石榴」にまつわる神話や伝承が存在します。もっとも有名なものは、「鬼子母神《きしもじん》」の物語でしょう。釈迦は、他人の子どもを食べる鬼神の妻に戒めを与えました。そして、「石榴」を与え、人肉を食べないように約束させました。以後、この鬼神の妻は 鬼子母神として子育ての守り神になったということです。歴史的な、あるいは文化的な文脈からとらえても、「石榴」とは、生と死の連環をまさに象徴する果物だといえます。

「二十一といえば、人間が一番死と無関係でいられる時」に、生の時間を終えなければならなかった「弟」。そして、「弟」の死後も、「わたし」は「弟」と過ごした生の時間を思い出しつづけ、日々をおくらなければならない。このような姉弟の関係の縮図が、「石榴」という比喩表現なのです。

「完璧な病室」の物語には、冒頭の「石榴」以外にも、「酸味の強い小型のりんご」などいくつか果物が登場します。これらは、「弟」の病いが重くなっていく様子を描きだすために配置されたものです。

「酸味の強い小型のりんご」を受け付けなくなった体は、「ゆでた栗」や「グレープフルーツ」、「キイウイ」が使われた食事も拒絶しはじめます。唯一、「ぶどう」だけが食べられる「弟」のために、「ぶどうを探すことが、わたしにとって一番特別なやりがいのある仕事」になっていきました。

しかし、秋の終わりが近づき、「ぶどう」が乏しくなっていくことに合わせるかのように、「弟」の病状は進んでいきます。

---

## ● Lesson 2

空欄に入る色彩表現として、もっとも適切なものを選んで下さい。

すぐに冬が来た。弟はどんどん衰弱していった。ついにぶどうも食べられなくなってしまった。分厚くて丈夫そうな合成樹脂の袋から一滴ずつ落ちてくる、(　　　　　　　　)の液体だけが、何とか弟の身体にしみ込んでいった。

1：赤茶色や黄緑色

2：りんご色や栗色

3：琥珀色やワイン色

4：紫色やグレープ色

---

選択肢を選ぶにあたって、病み衰えていく「弟」と果物の関係がヒントになります。食べることができなくなってしまった「弟」にとって、点滴だけが生命線です。「わたし」は張り詰めた気持ちで、点滴を見つめていたことでしょう。

そのような状況の中、「何とか弟の身体にしみ込んでいった」と「わたし」に感じさせた液体の色は、「ぶどう」につながるものでなくてはなりません。なぜなら、その果物は「弟」が自らの意思で口に含み、身体に受け入れることができた最後の食べ物だからです。そして、「ぶどう」という個体がブランデーやワインなどの液体に変わる時、その色は「琥珀色やワイン色」と表現され、イメージが広がっていくのです。空欄に入る表現は、選択肢3が最もふさわしいといえます。

みなさんの中には、「病い」や「生と死」を描いた物語に対して、ネガティブな印象をもつ人もいるでしょう。しかし、すぐに拒否するのではなく、テキストを織り成すひとつひとつの言葉に少し立ち止まってみて下さい。

「完璧な病室」をはじめ、比喩表現や色彩表現から、鮮やかなイメージの連鎖を読み取ることができるテキストがあります。

そのようなテキストは、私たちの中にある「病い」や「死」をめぐる固定化した負のイメージを変える力を持っているのです。

※本文中の引用は、小川洋子『完璧な病室』中公文庫（中央公論新社、2004年）による。

レッスン ②

# 太宰治「皮膚と心」

「土佐日記」とは、男性貴族があえて語り手を女性の一人称に設定して書いた物語です。このような特徴は、しばしば「女語り」や「女性独白体」と呼ばれます。

たとえば、男性だけのグループが、女性の一人称で失恋を歌ったヒット曲は数多くあります。それぞれの作詞家やアーティストが、どのような女性像を描き出しているのか。それを考えてみることも、「文学のレッスン」のひとつだといえます。

近現代日本の文学者の中でも、太宰治は「女語り」の名手と称される作家です。この項では、太宰が残した十六編の「女語り」から「皮膚と心」(1939年)を取りあげたいと思います。

「皮膚と心」は、3カ月ほど前に結婚した新婚夫婦の物語です。妻は、「ずいぶん無口で、けれども、しんは、いつでも私を大事」にしてくれる夫を慕っていると、繰り返し語ります。しかし、語っていくうちに、容姿をはじめとする自分のコンプレックスや、夫の経済力への不満などが顔をのぞかせはじめるのです。「皮膚と心」では、そんな妻の揺れ動く気持ちが、ある体の変化を通して描かれていきます。

## ● Lesson 1

「私」をこのような気持ちにさせた体の変化とは、具体的にどのようなものでしょうか。次の文章を読んで、考えてみて下さい。

そのときから、私は、いままでの私でなくなりました。自分を、人のような気がしなくなりました。気が遠くなる、というのは、こんな状態を言うのでしょうか。私は永いこと、ぼんやり坐って居りました。暗灰色《あんかいしょく》の入道雲が、もくもく私のぐるりを取り囲んでいて、私は、いままでの世間から遠く離れて、物の音さえ私には幽かにしか聞こえない、うっとうしい、地の底の時々刻々が、そのときから、はじまったのでした。

まず注目すべきは、「そのときから」という言葉です。「私」におこった体の変化は、「いつも胃がもたれている」「曇りだと頭痛がする」といった慢性的な症状ではなく、あるきっかけで気づいたものであるはずです。さらに、その変化は「うっとうしい、地の底の時々刻々」をもたらし、すぐには止まないという特徴をもっています。

「私」が女性であることに注目すれば、「妊娠」という体の変化も考えられます。しかし、「自分を、人のような気がしなくなりました」という一節との齟齬《そご》が気になります。やはり、作品のタイトルをふまえ、「皮膚」におこった変化だと考えるのが妥当でしょう。

「皮膚と心」という作品は、次のように始まるのです。

ぷつッと、ひとつ小豆粒に似た吹出物が、左の乳房の下に見つかり、よく見ると、その吹出物のまわりにも、ぱらぱら小さい赤い吹出物が霧を噴きかけられたように一面に散点していて、けれども、そのときは、痒ゆくもなんともありませんでした。

「私」は、この吹出物が「憎い気」がして銭湯でこすります。すると、銭湯から家につくまでの5分あまりで「お乳の下から腹にかけて手のひら二つぶん」に広がり、「真赤にうれて苺みたいに」なってしまったのです。

## ● Lesson 2

「痒くもなんとも」ない皮膚病めいた変化が、なぜ「いままでの私でなくなりました」というほどの恐怖感につながるのでしょうか。

日常生活ではあまり意識しませんが、皮膚とは人と人との境界線です。言葉を換えれば、他者とのコミュニケーションツールであると同時に、主体を他者から守る砦なのです。

自分の周りの人間関係をもとに、考えてみましょう。手をつないで歩ける友だちがいる一方で、苦手なクラスメートとは偶然に指が触れるのも嫌なはずです。この嫌悪感は、自分の意思に反して境界線が侵されたことに由来します。他者との心理的距離は、身体的距離と連動しているからです。

「皮膚と心」では、「吹出物」が主体を守る砦を浸食してくるわけですが、この「吹出物」をもたらした他者は確定できません。化粧水にかぶれてできた「吹出物」であれば、化粧水という他者を排除すれば解決します。けれども、「私」の場合、気づいた「そのとき」には「吹出物」がすでに存在していたのですから。つまり「皮膚と心」では、皮膚病めいた変化を効果的に使い、「正体不明のなにか」に自分自身が浸食されていく恐怖が描き出されているのです。

「吹出物」が背中にまで広がったある日、「私」は夫にその姿を見せました。心配した夫はみずから薬を買ってきて、丁寧に塗ってくれます。「うつらないものかしら」と「私」が口にすると、「気にしちゃいけねえ」と慰めるのです。しかし、このような夫の優しさを語れば語るほど、それとは裏腹に称賛は不満の色合いを帯びていきます。

「私の醜い容貌」を「いい顔だと思うよ。おれは、好きだ」と夫は言ってくれたと、「私」は語り始めるのですが、内容はしだいに、夫が初婚ではないこと、「少し腕のよい図案工」だけれども学歴も財産もないことへと移っていきます。また、「結婚して、私は幸福でございました」という一文は、次のようにつづいていきます。

いいえ。いや、やっぱり、幸福、と言わなければなりませぬ。罰があたります。私は、大切にいたわられました。あの人は、何かと気が弱く、それに、せんの女に捨てられたような工《ぐ》合《あ》いらしく、それゆえに、一層おどおどしている様子で、ずいぶん歯がゆいほど、すべてに自信がなく、痩せて小さく、お顔も貧相でございます。お仕事は、熱心にいたします。

結婚生活と夫に対して、「私」は肯定と否定の言葉を饒舌に重ねます。それが饒舌であればあるほど、私たち読者は、語られた内容を字義のまま受け入れることができなくなってくるのです。「皮膚と心」には「幸福」という文字が何度も登場しますが、それがじょじょに「不幸」という文字に見えてくるほどです。

「女語り」をはじめとする一人称の物語では、語られた内容は、あくまでも語り手個人の主観にしかすぎません。読者には、語られた内容を相対化しながら、作品を「読む」という姿勢が求められます。そして、そのような姿勢を身につけるうえで、太宰治の饒舌な「女語り」の作品は最適なものです。

「皮膚と心」の最後で、「私」と「夫」は皮膚科へ行きます。その待合室で「私」は、「せんの女」と「夫」こそが「吹出物」の原因ではないかという恐怖感に取りつかれます。さて、「私」はこのまま浸食されつづけるのでしょうか。ぜひ、作品を読んで考えてみて下さい。

また、最後の診察室の場面では、「完璧な病室」(→p132)のLessonにある果物が登場します。「皮膚と心」における、この果物の効果にも注目してもらいたいと思います。

※本文中の引用は、太宰治『女生徒』角川文庫(角川書店、2009年)による。

Genre 病　い

レッスン ③

# 森鷗外「高瀬舟」

進路や就職などを決める時、よく文系／理系といった分け方が使われます。しかし、このような分類は、果たして適切なものなのでしょうか。

## ● Lesson 1

森鷗外という作家は、文系と理系のどちらに入る人物だと思いますか。

高校の教科書などで、「舞姫」(1890年) を読んだことがある人は、その文体に驚きませんでしたか。漢文や古文だけでなく、ドイツ語も融合されている「舞姫」の文体は、非常に高い文系の能力の持ち主でなくては書けないものです。

しかし、「舞姫」のベースにある鷗外のドイツ留学が、医学を学ぶためのものだったことを忘れるわけにはいきません。帰国後、鷗外は軍医として日清戦争などに従軍するだけでなく、陸軍という組織の重要な運営者になります。軍食の栄養問題をはじめ、鷗外がおこなった論争や制度改革からは、先端科学を敏感にとらえる理系のまなざしを読み取ることができるのです。

もちろん作家の中には、小説や詩を書くことのみで生計を成り立たせている職業作家もいます。けれども、昨今のベストセラーの著者たちはどうでしょうか。「チーム・バチスタの栄光」(2006年、映画化とテレビドラマ化は2008年）でのデビューからヒット作を多発している海堂尊は、病理学を専門とする医師です。医師以外にも、俳優や芸人など、職業作家ではない人たちが小説を書き、多くの読者を獲得しています。

そして注意して欲しいのは、このような現象が決して新しいものではないということです。たとえば森鷗外には、文系／理系の分類にはおさまらない、さまざまな顔がありました。作家、医師、軍人、雑誌「しからみ草紙」の編集者、慶応大学で美学を教える講師などなど。日本の近現代文学が描きだす物語は、非常に多彩で豊かなものですが、その豊かさは、さまざまな顔を使い分けると同時に融合させていくこともできる書き手たちが、支えてきたともいえるでしょう。

さて、次のLessonです。ここでは、「高瀬舟」(1916年）を取り上げます。医師であり作家でもある森鷗外が、「病い」や「生と死」をいかに描いたのかを見ていきたいと思います。

江戸時代、京都から大阪に罪人を運ぶために小さな舟が使われていました。その舟の中で、喜助という男は自分がした行動について、奉行所の役人に語ります。「高瀬舟」とは、その「喜助の語り」を中心にした物語です。

---

## ● Lesson 2

次の「背景」と「弟の言葉」は、「高瀬舟」に記されているものです。あなたが「兄」なら、「弟の言葉」に対してどのような行動をとりますか。

〈背景〉小さい頃に両親を流行病で亡くし、二人で支えあって生きてきた貧しい兄弟がいます。一緒に働きながら、なんとか暮らしてきましたが、ある時、弟は重い病いにかかってしまいました。兄に負担をかけまいと剃刀《かみそり》で喉笛《のどぶえ》を切って自殺を図った弟は、次の言葉を口にしました。

〈弟の言葉〉済まない。どうぞ堪忍してくれ。どうせなおりそうにもない病気だから、早く死んで少しでも兄きに楽がさせたいと思ったのだ。笛《ふえ》を切ったら、すぐ死ねるだろうと思ったが息がそこから漏れるだけで死ねない。深く深くと思って、力いっぱい押し込むと、横へすべってしまった。刃はこぼれはしなかったようだ。これを旨《うま》く抜いてくれたら己は死ねるだろうと思っている。物を言うのがせつなくって可けない。どうぞ手を借《か》して抜いてくれ。

---

　このような極限状況の中で、選択しうる行動は限られています。「救急車を呼ぶ」、「逃げる」、「苦しむ弟が自然死するまで放置する」、「剃刀を抜く」などになるでしょう。そして、選択しうる行動について考える中で、見えてくる問題があります。それは、どのような行動をとったとしても、「自分の選択は正しいものであったのか」という倫理的な苦悩から、解放されないということです。「死を望む弟を生かしてしまった」、「弟を見殺しにしてしまった」、「弟を自分の手で殺してしまった」といった苦悩とともに、「兄」の立場の人間は生きざるをえません。

「高瀬舟」で、「兄」の立場に立たされた人間が喜助です。喜助も、まず医者を呼ぼうとしました。けれども、「医者がなんになる、ああ苦しい、早く抜いてくれ、頼む」と弟にいわれ、喜助は剃刀を抜きます。結果、その行動は「弟殺し」とされ、「誤って人を殺した」という罪状で処分が下されたのでした。

　喜助は、ただただ弟の苦しみを軽減したくて、剃刀を抜いただけなのかもしれません。または病んだ弟を負担に思い、積極的に殺害したのかもしれません。しかし、喜助の行動の理由を確定することはできません。なぜなら、兄弟だけの密室でおこった出来事であり、しかも当事者である「喜助の語り」によってしか経緯を知ることができないからです。

　「高瀬舟」という小説には、「高瀬舟縁起」（1916年）という関係の深い文章があります。この中で、森鷗外は、医学上の考え方として「死に瀕して苦しむものがあったら、楽に死なせて、その苦を救って遣るが好い」という「ユウタナジイ」（安楽死）があるとし、「高瀬舟の罪人は、丁度それと同じ場合にいたように思われる」と述べています。

　もちろんこの言葉どおり、「高瀬舟」とは、生死をめぐる自己決定権について描いた作品です。医師・森鷗外ならではの問題提起だといえましょう。そして、さらに注目すべきは、「喜助の語り」により「高瀬舟」の物語を構成した点です。随一の知識人であった鷗外ならば、「安楽死」について啓蒙的に解説する小説を書くこともできたはずです。しかし、あえて「喜助の語り」という技法を使い、行動の理由や出来事の経緯をあいまいにしました。語られた内容は、あくまでも喜助個人の認識でしかありません。私たち読者は、語られた内容を相対化しながら、生死をめぐる自己決定権について、意識的に考えるよう促されていきます。

医学・医療の基礎ともいえる問題提起と、その問題提起の重要性を読者に伝える戦略的な文体。このような「高瀬舟」の特徴には、「森鷗外の顔」の多様性があらわれているのです。

読者である自分自身と物語の登場人物を重ね合わせる読み方は、ある意味、非常に単純な読み方です。しかし、「高瀬舟」という作品に関しては、「もし、私が喜助だったら」「もし、私が重い病に悩む弟だったら」といった読み方を、まずは試みてもらいたいと思います。

「高瀬舟」の時代、森鷗外が生きた時代からは想像もつかないほど、高度な医療が実現されています。その結果は、私たちには、「人工呼吸器を使い続けるのか、それとも止めるのか」といったかたちで、生死を選ぶことが求められるようになりました。とはいえ、新しい技術が生み出したかのようなこの選択は、すでに「高瀬舟」に描かれていたものなのではないでしょうか。私たちは、「喜助」でもあり「弟」でもあるのです。

※本文中の引用は、森鷗外『森鷗外全集5　山椒大夫　高瀬舟』ちくま文庫（筑摩書房、1995年）による。

Genre

# 戦　争

●

レッスン

① 井上ひさし「父と暮せば」

② 開高健「輝ける闇」

③ 田山花袋「一兵卒」

Genre 戦　争

レッスン ①

# 井上ひさし「父と暮せば」

人間は古来、戦争を繰り返してきました。人間の歴史には、不幸にも戦争の歴史が重なっています。現在の世界を見渡しても、紛争や内戦が絶えることがありません。文学は、戦争をいろいろな角度から取り上げてきました。この章で取り上げる作品は、原爆被害を受けた民間の人間を描いた戯曲、ベトナム戦争を取材する記者を主人公にした小説、日露戦争に出兵して脚《かっ》気《け》のために死んで行く一兵卒を描いた小説などです。主人公の位置も描き方もさまざまですが、戦争の惨禍を伝えようという姿勢は同じです。

第二次世界大戦末期、アメリカ軍は広島・長崎に原子爆弾を投下しました。その結果もたらされた惨状、阿《あ》鼻《び》叫《きょう》喚《かん》、さらにその後も被害者たちを苦しめた原爆症に対する偏見や生活の苦労を述べた記録は数多くあります。さまざまな表現媒体で人々はこのことを後世に伝えようとし、戦争がもたらした悲惨さを二度と繰り返さないようにとしてきました。映画やＴＶドラマ、漫画やアニメといった表現形式はもとより、多くの文学作品の中でも原爆の悲劇は数多く描かれてきました。小説・詩・

短歌・俳句・戯曲……。

戯曲は、本来舞台で役者によって演じられることを前提として書かれた表現形式です。戯曲として書かれた作品は、監督の演出、役者の身体表現、舞台美術、さらには観客をもふくめた劇場空間によって生命が吹き込まれます。ですから、戯曲を文学作品として「読む」ことは、その本来の受容形態に反した不十分な行為ともいえるかもしれません。しかし、実はギリシャ悲劇・喜劇を持ち出すまでもなく、私たちは戯曲というその独特の表現形式そのまま、古くから文学作品としても受容してきました。優れた戯曲は文学作品としても自立しています。

さて、ここでは井上ひさし（1934-2010）の「父と暮せば」（1998年）を取り上げます。この作品は、広島の原爆投下後の健気な娘を主人公とする劇です。戦争は兵士のみならず、民間人もまた巻き込む悲劇をもたらします。この戯曲の主人公美津江《みつえ》は、父親の竹造《たけぞう》を原爆で亡くしています。美津江は、その時に辛くも生き残ったものの、被爆が原因の原爆症に苦しむことになります。美津江は原爆症を抱えながら、一人暮らしをして、図書館に勤めています。そんな彼女に結婚を申し込む素敵な青年があらわれます。美津江もその青年のことが好きです。でも彼の申し出を受ける決心がつきません。何故でしょうか。

（1）結婚しても、原爆症にかかった自分では相手の負担になって迷惑をかけてしまうこと。自身の余命も定かでないこと。

（２）自分は父親を助けられなかった。原爆投下後の火の海の中で、父親を見捨てて生き延びたのだという自己呵責《かしゃく》。

（３）原爆で多くの人たちが亡くなったのに、運良く生き残った自分だけが幸せになっていいのかという思い。

つまり、美津江という女性の倫理観・正義感が、今の美津江を苛《さいな》むのです。

「父と暮せば」の中で美津江と会話し、美津江を叱り、美津江を励ますのは、美津江の心中のもう一人の美津江です。それは、亡くなった父親竹造としてあらわれて、美津江と会話をします。私たちも日常生活の中で自分の内面と日ごろから向かい合って「対話」しています。そのような内面の声に他者の装いをさせて表現してみたら……というのが「父と暮せば」の方法なのです。実は、この「対話」という表現形式もまた、ギリシャの哲学者プラトンの対話編あたりまでさかのぼれる古くからの表現の形式ですが、戯曲においては自然です。作者は、対話の方法が演劇の特性であることから、その特性を生かして作品を作っています。この演劇の読者と観客は、竹造の声を美津江の内面の声として受容するのです。

また、台詞《せりふ》にも仕掛けがあります。台詞に方言（広島弁）を取り入れ、さらに、振り仮名として標準語にも振ることで、読者は生き生きした方言をもう一つの声として聞くことができるのです。

---

## ● Lesson 1

次の台詞は青年から求愛された美津江が青年への思慕とは逆に、青年のもとから去るために置手紙を書こうとする場面です。空欄［A］～［C］にあてはまる言葉を（A・Bはひらがな四文字、Cはひらがな三文字）を考えてみて下さい。

美津江　（前略）うちのことはもうお忘れになってつかあさい、取り急ぎ……。
竹　造　図書館にはもう出んのか。
竹　造　いつものややこしい病気がまた始まりよったな。
美津江　……ちがう！
竹　造　いんにゃー、病気じゃ。（縁先に上がる）わしゃのう、おまいの胸の［A］から、おまいの熱《あちー》い［B］から、おまいのかすかな［C］から現れよった存在なんじゃ。そいじゃけえ、おまいにそがあな手紙を書かせとってはいけんのじゃ。

---

美津江の内心の声でもある竹造は、美津江の行動の矛盾を必死でいさめようとします。問題の正解を記すと、［ A ］には「ときめき」、［ B ］には「ためいき」、［ C ］には「ねがい」が入ります。そこで、気付くと思いますが、これらの言葉それ自体が、美津江の心の揺れと、美津江の真実の心を語っているのです。

次に別の場面から、美津江と竹造の対話を引用します。先に記したように、ここには美津江の自己呵責が吐露されています。

美津江　おとったんはあんとき、顔におとろしい火傷《やけど》を負うて、このお地蔵さんとおんなじにささらもさらになっとってでした。そのおとったんをうちは見捨てて逃げよった。

竹　造　その話の決着ならとうの昔についとるで。

美津江　うちもそよに思うとった。そいじゃけえ、今さっきまで、あんときのことはかけらも思い出しゃあせんかった。じゃけんど、今んがた、このお地蔵さんの顔を見てはっきり思いだしたんじゃ。うちはおとったんを地獄よりひどい火の海に置き去りにして逃げた娘じゃ。そよな人間にしあわせになる資格はない《なー》……。

竹　造　途方もない《とつけもなー》理屈じゃのう。

悔いても仕方がないとは思いつつ、倫理観が美津江を苦しめます。この決着をどう美津江はつけるのでしょう。美津江は父を見捨てたのではなく、原爆による火の海の中で、手を差し伸べるすべさえなかったのです。それはわかっている。しかし……。どのように心の整理をつけたらいいのでしょうか。考えてみて下さい。

ここには解決できない大きな問題があります。文学で扱える問題ではないかもしれません。解決策が見つからない場合でも、作家は文学を通じて多くの人に問題の提示はできるのです。文学作品の中には、作者が安易な解決や解釈を示さないで、読者にその問題を考えてもらおうと意図している作品があります。中には、大きな問題を記したバトンを読者に受け渡そうとして書かれたものさえあるのです。

この作品の美点は、人間の愚かさを告発するばかりではなく、美津江を理解し、美津江と共に生きていこうという青年を出すことで、救いと希望を用意していることです。広島の被爆した健気な若い娘が、自身の幸せをつかむことに何故ためらわなければならないのか。この娘に読者や観客が同情を寄せた時に、作者の戦争批判の思いも明らかになるのです。

※本文中の引用は、井上ひさし『父と暮せば』新潮文庫（新潮社、2001年）による。

Genre 戦　争

レッスン ②

# 開高健「輝ける闇」

ここに同じ作者によって書かれた2つの作品があります。「ベトナム戦記」（1965年）と「輝ける闇」（1968年）です。前者はルポルタージュ、後者は小説です。どちらが優れているというよりも、見て聞いて体験してきたものを作家がルポルタージュとして書き、その同じ体験を元に小説の文として鍛えあげ、変容させているところに注目して下さい。

両作の作者である開高健《かいこうたけし》（1930 − 1989）は、「裸の王様」で芥川賞を受賞し、その後も優れた小説を書く一方、数多くのルポルタージュを書きました。

まず、ルポルタージュから。主人公の「私」は開高健と等身大の人物です。彼は日本の新聞社からの特派員として、ベトナム戦争を取材に行きます。そして、ベトナムで見聞し、体験した記事を日本に送っています。同僚の秋元啓一カメラマンが一緒にいます。「私」と秋元カメラマンは米軍と行動を共にしている時、奇襲に遭います。その時の様子をルポルタージュでは次のように記しています。

沼地をこえようとしたとき、さいごのライフル銃と自動銃のすさまじい掃射が私たちの背を襲った。私の直後、秋元キャパの真横を走っていたベトナムの大尉が右肩に貫通銃創をうけてたおれた。私はバグを捨てて走った。

「開高さん、バグおちた、バグおちた！」

「いいんだ、いいんだ、捨てといてくれ！」

うしろへ叫んでおいてから私は暗いジャングルのなかを敗走する兵隊といっしょになってひたすらまえへまえへと走っていった。(「ベトナム戦記」)

このルポルタージュの特徴は、漢字を最低限にして、状況を的確に叙述しているところにあります。この時の体験を元に、作家の想像力と表現力を駆使して次のような小説の場面が描かれました。

---

## ● Lesson 1

以下の文中の［　　　］には、同じ言葉が入ります。それは何でしょうか。また、①〜④の下線を引いた語句が意味するところを考えて下さい。

陽が消えかかり、燦爛《さんらん》はすでに壊滅して空は夜に犯され、沼は暗かった。その全景をふりかえった瞬間、思わず眼を閉じずにはいられないライフルの底力ある掃射音が襲った。（中略）弾丸は夜をつらぬき、ひき裂き、そそりたつ巨人の腿《もも》や腕のような幹をかすめ、乱反射して跳ねまわった。（中略）ポケット本とタオルしか入っていないバグが一トンの石灰袋のようであった。（中略）それを捨てれば①鎧《よろい》が剝落《はくらく》するような気がしてならないばかりに、バグをつかんだり、握ったり、撫《な》でたりしてきたのだったけれど、一滴が揮発した瞬間に□が崩壊した。人を支配するもっとも隠微で強力な、また広大な衝動、最後の砦《とりで》は□であった。私はバグを持っているあいだ何がしかの自身を保持しているかのように感じたが、それが砕《くだ》けて溶《と》けてみると、②一瞬の自由が閃《ひらめ》き、和《なご》んだ。（中略）私はバグを捨て、口をあけて走った。（中略）右、左を凶暴な、透明な力がきしったり唸《うな》ったりしつつ擦過《さっか》し、木の幹が音をたてた。私は閉じて、硬《こわ》ばった。③耳いっぱいに心臓がとどろき、私は粉末となり、山のなかで潮のように鳴動していた。私は泣き出した。涙が頬をつたって顎《あご》へしたたり落ちた。小さな塩辛い肉の群れに無言でおしわけられ、かきのけられ、卑劣や賤《いや》しさをおぼえることもなくそれを鈍くおしかえし、つきかえしつつ私は森へかけこんでいった。しめやかな苔《こけ》の香りが濡《ぬ》れた頬をかすめた。まっ暗な、熱い鯨の胃から腸へと落ちながら私は大きく④毛深い古代の夜をあえぎ、あえぎ走った。（「輝ける闇」）

---

では、考えてみましょう。［　　　］に入る言葉を考えると、ルポルタージュ「ベトナム戦記」と小説「輝ける闇」の違いも明らかになります。

「ベトナム戦記」では、生命の危機に遭遇した非常時に「捨てといてくれ」と、構っている暇はないように書かれていたバグ（注：バックのこと）。そんなバグに、「輝ける闇」では意味が付与されています。まるで何かの象徴のように。

生命の危機に陥っている「私」は、バグを捨てるという行為について、自分を支えていた重要な物がなくなってしまったと考えます。このバグに作者が象徴した物はいったい何だったのでしょうか。

実は、文中の二つの［　　　］には、「自尊心」という言葉が入ります。自分が自分たり得ている存在意義や自信、それを支えているものが自尊心です。その自尊心が「崩壊した」のです。この時「私」は、生命の危機と同時に、精神の危機に直面しているのです。

次に、文中の傍線部①〜④がどのようなことを述べたものか、比喩表現などに注目して順に考えてみましょう。

傍線部①「鎧《よろい》が剝落《はくらく》するような」という比喩はどのような意味でしょうか。自身の行動規範や思考を支えていた上記の「自尊心」を、「私」は身にまとう武具の鎧に喩《たと》えているのです。

傍線部②「一瞬の自由が閃き、和んだ」とありますが、生命の危機に直面した状況で、このような気分はなぜ到来したのでしょうか。自尊心の崩壊は、精神の崩壊を意味します。危機的状況下での一瞬の微妙・微細な心理状況を、作家は見逃さず、あたかも拡大鏡で見たようにここでは叙述しているのです。

傍線部③「耳いっぱいに心臓がとどろき」は、誰しも日常の小さな経験の中で、これに類した経験はあるはずです。その小さな経験をもとに想像をすれば、この喩えの意味するところは、ある程度は想像できるはずです。しかし、この作家のように、それをズバリと表現することはなかなかできないのではないでしょうか。

傍線部④「毛深い古代の夜」は、鬱蒼《うっそう》とした夜の原生林の比喩です。この比喩は、その前にある「熱い鯨の胃から腸へと落ちながら」という比喩と関係があり、『旧約聖書』の「ヨブ記」が背後に隠されているようです（この小説の扉には、エピグラム〔注：警句。全体を端的に要約する形で、機知を盛り込んだ短詩〕として『新約聖書』の「コリント人への前の書」の一節が掲げられています)。その流れの中で、傍線部④の部分にも動物を使っているのです。古代に誕生した原生林。藺草《いぐさ》などが「私」の足にまといつく底しれない奥深さを秘めたジャングルを喩えるにあたり、動物の連想から、作者は「毛深い」と記したのだと思います。

　ノンフィクションと小説とは、手法が違います。自身の見聞した内容をもとに、感想や意見も交えて的確に記すルポルタージュ。作中の人物そのものがフィクションである小説。普通に考えれば、戦争に限らず、事件などを表現するには、ノンフィクションとして発表する記録文や手記やルポルタージュの方が適しているはずです。ところが、事件の背後にある人間模様や実態について想像力をもとに綿密に構築できた小説のみが、そのものの「真実」に近づくことができることもあるのです。一人の作家が書いた両作が、図らずもそのことを示しているような気がします。

※本文中の引用は、開高健『ベトナム戦記』朝日文庫(朝日新聞社、1990年)、『輝ける闇』新潮文庫(新潮社、1977年)による。

Genre 戦 争

レッスン ③

# 田山花袋「一兵卒」

田山花袋《たやまかたい》（1872 – 1930）は自然主義文学の担い手として活躍した作家です。「蒲団《ふとん》」「田舎教師」などがその代表作です。ここで取り上げる小説「一兵卒《いっぺいそつ》」（1908年）は短編です。花袋は1904（明37）年、博文館の第二軍私設写真班として半年間日露戦争に従軍しました。そこでの見聞などをもとにして、この作品は書かれました。冒頭を見てみます。

渠《かれ》は歩き出した。

銃が重い、背嚢《はいのう》が重い、脚《あし》が重い、アルミニューム製の金椀《かなわん》が腰の剣に当ってカタカタと鳴る。その音が興奮した神経を夥《おびただ》しく刺激するので、幾度《いくたび》かそれを直して見たが、どうしても鳴る、カタカタと鳴る。もう厭《いや》になってしまった。

病気は本当に治ったのではないから、呼吸が非常に切れる。全身には悪熱悪寒《あくねつおかん》が絶えず往来する。頭脳《あたま》が火のように熱して、顳顬《こめかみ》が烈《はげ》しい脈を打つ。何故《なぜ》、病院を出た？　軍医が後が大切だと言ってあれほど留《と》めたのに、何故病院を出た？　こう思ったが、渠はそれを悔いはしなかった。

この小説は、脚気《かっけ》のために入院した一兵卒（注：一人の下級兵士）が、軍医の止めるのも聞かず、原隊に復帰しようとして、一人で荒野を歩き、やっとたどり着いた先で、脚気衝心《しょうしん》（注：脚気に伴う急性の心臓障害）のために死ぬという筋です。

冒頭の「渠（注:「彼」に同じ。後には「彼」または「かれ」とも表記）は歩き出した。」と始まる文体には工夫があります。この冒頭は、「九月一日の遼陽《りょうよう》攻撃は始まった。」という末尾の一行と呼応して、苦痛に堪《た》えてさまよう一兵卒の哀れさを描き出し、また、声高《こわだか》ではなく戦争に対する批判もあらわしています。

---

## ● Lesson 1

以下は、苦しみながら歩き続ける「一兵卒」の脳裏に、故郷豊橋を発つ時の光景や幼い日の思い出が去来する場面です。文中の［　　　］の中に入る語句を考えて下さい。［　　　］に入る語句は、先の冒頭の引用内の語句と同じものを意識的に使っています。

ふと汽車——豊橋《とよはし》を発《た》って来た時の汽車が眼の前を通り過ぎ

る。停車場は国旗で埋《う》められている。万歳の声が長く長く続く。と忽然《こつぜん》最愛の妻の顔が浮ぶ。それは門出の時の泣顔ではなく、どうした場合であったか忘れたが心から可愛《かあい》いと思った時の美しい笑顔だ。母親がもうお起きよ、学校が遅くなるよと揺《ゆり》起《おこ》す。彼の頭はいつか子供の時代に飛帰っている。裏の入江の船の船頭が禿頭《はげあたま》を夕日にてかてかと光らせながら子供の一群に向って呶鳴《どな》っている。その子供の群の中に彼もいた。

過去の面影《おもかげ》と現在の苦痛不安とが、はっきりと区劃《くかく》を立てておりながら、しかもそれがすれすれに摺寄《すりよ》った。□。腰から下は他人のようで、自分が歩いているかいないか、それすらはっきりとは解《わか》らぬ。

---

□の中に入る語句について、わかったでしょうか。この後に続く文章もそれが何かを明らかにしています。

文中の□の中には「銃が重い、背嚢《はいのう》が重い、脚《あし》が重い」という語句が入ります。冒頭の文で用いた語句と同じ語句を繰り返すことによって、疲弊した一兵卒の気持ちを描出しているのです。

歩き続ける「一兵卒」は、さらに次のように思います。「神がこの世にいますなら、どうか救《たす》けて下さい、どうか遁路《にげみち》を教えて下さい。これからはどんな難儀もする！　どんな善事もする！どんなことにも背《そむ》かぬ。」と。

しかし、「一兵卒」の願いはかないませんでした。この後、やっとたどり着いた兵站部《へいたんぶ》にあった酒保《しゅほ》（注：兵営内で、飲食物や日用品を売る店）として使われている洋館で、「苦しい、苦しい」といいながら、亡くなっていくのです。

---

● **Lesson 2**

次は末期《まつご》の「一兵卒」の描写です。傍線部①～⑤は、誰のどのような視点から書かれたものかを考えて下さい。

二人（注：居合わせた酒保の男と一人の兵士のこと）は黙って立っている。

①苦痛がまた押寄せて来た。②唸声《うなりごえ》、叫声《さけびごえ》が堪え難い悲鳴に続く。

「気の毒だナ。」

「本当に可哀《かわい》そうです。何処《じこ》の者でしょう。」

兵士がかれの隠袋を探った。③軍隊手帖《てちょう》を引出すのが解る。かれの眼にはその兵士の黒く逞《たくま》しい顔と軍隊手帖を読むために

卓上の蠟燭《ろうそく》に近く歩み寄ったさまが映った。三河国渥美郡《あつみごおり》福江村加藤平作……と読む声が続いて聞えた。(中略)

二人は黙って立っている。④その顔は蒼《あお》く暗い。おりおりその身に対する同情の言葉が交される。彼は既に死を明かに自覚していた。けれどもそれが別段苦しくも悲しくも感じない。二人の問題にしているのはかれ自身のことではなくて、他に物体があるように思われる。ただ、この苦痛、堪え難いこの苦痛から脱《のが》れたいと思った。

⑤蠟燭がちらちらする。蟋蟀《こおろぎ》が同じくさびしく鳴いている。

では、順を追って考えてみましょう。

①は、死にゆく「一兵卒」の側から彼の肉体的苦痛を描いています。②は、直接には居合わせた「二人」の側から描いていますが、第三者的な客観的視点です。③の視点は「一兵卒」のそれです。④は「二人」の側から「一兵卒」の顔を見ています。⑤は「一兵卒」の視点です。しかし、「ちらちら」「さびしく」という表現からは、死期が迫った「一兵卒」に対しての作者の感情移入も感じられます。

以上のように、短い文章の中で、作者は巧みに視点を操作しながら、死にゆく「一兵卒」の苦しさと哀れさを表現しようと努めています。

日露戦争当時、反戦思想を個人的な見地から訴えた文学作品として有名なものに、歌人与謝野晶子《よさのあきこ》の「君死にたまふことなかれ」(1904年)という八行五連からなる詩があります。この詩は「旅順の攻囲軍にある弟宗七を歎《なげ》きて」という詞書《ことばがき》が付されています。その内の第五連を次に引用します。〔引用は、歴史的仮名遣いのままとします。〕

暖簾《のれん》のかげに伏して泣く
あえかに若き新妻《にいづま》を
君忘るるや、思へるや。
十月《とつき》も添《そ》はで別れたる
少女《をとめ》ごころを思ひみよ。
この世ひとりの君ならで
ああまた誰を頼むべき。
君死にたまふことなかれ。

戦場で戦争を遂行する兵士は、戦争さえなければ幸せな生活を営む市井《しせい》の一般人です。その平凡な人間の心情に焦点をあてて、上記の詩も先の「一兵卒」も書かれています。

ところで、戦争と文学を考える時に逸《いっ》せざるべき観点は、文学者の戦争責任の問題です。積極的であれ、無自覚的であれ、文学者たちが作品を通して戦争に加担してしまったことがあるからです。

戦争を正当に描くには、相手側の視点や、日本の加害者としての行いも正しく踏まえていなければ、その実態には迫れないということになろうかと思います。

また、戦争の原因は単純ではなく、民族や国家の利害・エゴイズムが複雑に絡み合っているという認識を持つことも大切だと思います。

※本文中の引用は、田山花袋『蒲団・一兵卒』岩波文庫（岩波書店、2002年）、『定本　與謝野晶子全集　第九巻』（講談社、1980年）による。

Genre

# 外　国

●

レッスン

① 沢木耕太郎「深夜特急」

② 有島武郎「或る女」

③ 森鷗外「舞姫」

Genre 外　国

レッスン ①

# 沢木耕太郎「深夜特急」

いきなりドルの話ですが、1973年までは1ドルが360円の定額喚金でした。それから、変動相場制に移ると、海外への団体旅行だけでなく留学もそんなにめずらしいものではなくなりました。また、この1970年代から、若い世代による海外個人旅行が本格化します。そのことは、現地からの情報収集ブックとでも呼ぶべき、画期的な旅行ガイド『地球の歩き方』が1979年に刊行開始されたことからも証明できます。ここで取り上げる沢木耕太郎の「深夜特急」もまた、70年代中頃のアジア・ユーラシアを巡る自らの旅を題材としたノンフィクション的な小説であり、著者沢木耕太郎は、その当時二十代半ばでした。まさに若者が世界各地を歩き始めた時代を、その作品の背景としています。

沢木耕太郎「深夜特急」は、新潮文庫版では、「1」の「香港・マカオ」から「6」の「南ヨーロッパ・ロンドン」までの、全6冊に分かれています。また、先に刊行された単行本では、3分冊で刊行されています。初出は新聞に連載されたものでした。この「深夜特急」は物語性が高い小説作品なのは、もちろんこの書物が旅行ガイドブックではないので、しごく当然のことです。「深夜特急」の最初の話も、主人公「私」がすでにやって来ているインドのデリーでの話から、振り返って香港の話に遡っています。書かれた作品世界の中でも、「私」が過去の時間を振り返って語るわけです。そのことは、この書物が描こうとしている世界を効果的に案内することであると共に、この主人公「私」の回想というスタイルを採ることで、ここに語られる世界が極めて物語性が高くなるということにもなります。回想なんだから、都合のいい材料だけを組み合わせているのかなという意地悪な目をさえ向ける人がいるかもしれません。でも、フィクションを使いながら、真実を表現するという、文芸が用いる当然の方法を使っているということであるならば、誰もが納得できることです。

さて、ここでは、この新潮文庫版「深夜特急　1　香港・マカオ」を読んでいくことにしましょう。先ほども触れたように、まず「第一章　朝の光　発端」という、インドのデリーでの生活でのスケッチから始まります。そして、「酔狂」という言葉で説明されるような、デリーからロンドンまで乗り合いバスで行くというユーラシアの旅が、「私」の目的であること、しかしこの出発地デリーまで来るのに日本を出て４カ月過ぎたことなどが語られています。そこから、その４カ月前に「私」が香港へ向かい滞在した「第二章　黄金宮殿　香港」へと続きます。

書き手と重ねられる主人公「私」の香港での旅は、偶然の出会いの連鎖するおもしろさが表現されながらも、「素顔の香港そのものを眺める」ことを望み、「自分が縛られている何かから解き放たれていくという快感」に浸りながら、これまでの生活の中で培われてきた慣性的な「理性的」な「判断」を拒否します。そして安宿を根城にした地図を持たない観光を続けます。

---

● **Lesson 1**

「一週間、さらに一週間と香港にいつづけるほど魅《ひ》かれた」理由として、以下のように書いています。その文章の空欄には、ひと組の対になる漢字（各一字）のいずれかが入ります。先の「素顔の香港」とも、「夜店の大ストリート」とも結びつく、そのひと組の漢字(各一字)のいずれかを(　)に入れて下さい。

「香港には、（A）があり、そして（B）があった。（C）の世界が眩《まばゆ》く輝けば輝くほど、その傍《かたわ》らにできる（D）も色濃く落ちる。その（E）と（F）のコントラストが、私の胸にも静かに沁《し》み入り、眼をそらすことができなくなった」

---

恐らくは表面的な観光では出会うことのない香港のさまざまな日常と、人びとが集う夜店群との「コントラスト」として、この文章を考えてみましょう。主人公「私」の香港でのディープな体験を、目の前に広がる夜市の光景と重ねてみて下さい。すると、「光」と「影」というひと組の対になる漢字（各一字）がそれぞれの空欄に入ることになりませんか。（A）と（B）そして（E）と（F）は、どちらがどっちでも構いませんが、本文では、（A）（C）（E）が「光」、（B）（D）（F）が「影」です。

「第三章　賽《さい》の踊り　マカオ」は、カジノ博奕で「私」が勝負する場面です。緊迫した勝負でのスリリングさに加えて、「私」のカジノ側の隠された仕掛けをなんとか読み解こうとする推理劇のおもしろさも重なります。物語の展開についつい読み進めてしまい、ついには、「二百ドル程度の負けにまで挽回《ばんかい》することができた」場面では、私たち読者も主人公「私」と同じように安堵することになるでしょう。香港に戻る船のデッキの上で、「どうやらこれで日本に帰らなくてすみそうだ。行くところまで行かなかったが、そこへ向かう一種の狂熱は味わうことができた。これからは、その狂熱のレールに、いつでも自在に跳び乗れることだろう。乗るか乗らないかは単なる選択の問題にすぎなくなった」と、成長した「私」はその心境を語ります。

- **Lesson 2**

マカオの博奕場を出た「私」は、香港に戻る船のデッキの上での先の言葉に続けて、「またひとつ自由になれたような気がした」といいます。この「自由」の意味内容について説明しなさい。

もちろん、前提としては、旅に出るということはすでに自由が「私」ならずともそこにはあるはずです。解き放たれるということでは、旅の恥はかき捨てという言葉もあるくらいですから。香港での「自分が縛られている何かから解き放たれていくという快感」がそれです。だから、その解放に加えて「またひとつ自由になれた」とここで思ったことになります。それは、主人公「私」の博奕をめぐる体験の結果ではないでしょうか。つまり博奕に「乗るか乗らないか」を「選択」できる自由が手に入ったのです。それが、香港に帰る船のデッキでの感慨だという気がします。ここでは、解答のひとつの例として、以下の文章を提示してみたいと思います。

この旅による、本来の日常から解放された自由に加えて、マカオの博奕場から離れる自由を意識できたことが、その自由の内容です。マカオの博奕場での体験がもたらした自由の内容を、さらに説明するならば、博奕の経験から手に入れた勝負事に使う中途半端な賢明さからの解放と、勝負事にひき込まれてしまう人間の狂熱な心を自在に選択できる確信ということになるでしょう。

もちろん、答えはひとつではありません。「深夜特急　1」の範囲、しかもここで取り上げた個所を中心にまとめたものに過ぎません。全体を読むとまた別の説明が可能になるでしょうし、あなたがた読者の経験によっても、この物語世界は多様な姿を現すことでしょう。

※本文中の引用は、沢木耕太郎『深夜特急Ⅰ—香港・マカオ—』新潮文庫（新潮社，1994年）による。

Genre 外　国

レッスン ②

# 有島武郎「或る女」

20世紀になったばかりの世界を背景にした小説「或る女」は、実際のモデル人物を借りたフィクションを通じて、ひとりの近代女性の生の悲喜劇をみごとに表出しました。作家の有島武郎は、白樺派の作家として明治の後半から大正期に活躍します。そして、この「或る女」は、人道主義的な立場の作家とされる彼の代表作とされています。ここでは、「或る女」の主人公がアメリカに向かう場面を取り上げて、アメリカという外国が20世紀初頭にどのようなイメージで表現されていたのかを、Lessonを通して確認していくことにします。つまり、「アメリカ」という文化的な異質さを、この物語がどのように組み込んでいたのかをLessonで知り、そこから、この小説の解読のひとつの方法を手にしてもらいたいのです。

主人公である早月《さつき》葉子は、アメリカでの生活に自分の可能性を夢見ていろいろと期待します。「これから行こうとする米国という土地の生活」も、ひとりでいろいろと想像しないではいられなかった」葉子は、「女のチャームというものが、習慣的な絆《きずな》から解き放されて、その力だけに働く事の出来る生活がそこにはあるに違いない」（十一）と思います。アメリカ社会で葉子が想像する、この「女のチャームというものが」「その力だけに働く事の出来る生活」は、さらに言葉を重ねるように幾度も言い換えられます。次のLessonで取り上げる箇所は、やや具体的な表現にはなっていますが、葉子の空想はまだまだ抽象的なものでした。

---

## ● Lesson 1

近代日本社会には欠けていたものでもある、葉子のアメリカ生活に対する期待はどのようなものでしょうか。空欄（A）、（B）、（C）に適当な語句をそれぞれのa、b、cの選択肢から選び、小説の表現を完成させなさい。

「（A）さえあれば女でも男の手を借りずに（B）事の出来る生活がそこにはあるに違いない。（略）少なくとも（C）社会のどこかではそんな生活が女に許されているに違いない。葉子はそんな事を空想」します。

A　a 語学力とユーモア　b コネと度胸
　c 才能と力量

B　a 事業を興す　　　b 自分の周りの人に認めさす

　　c 夢を見つづける

C　a 交際　　　b 民主

　　c 多民族

---

（A）何があれば「女でも男の手を借りずに」、理想的な生活ができるのでしょうか。もちろん、それは葉子という主人公の空想にすぎません。当時の若い女性である葉子が想像した、男性と対等でありたい女性が求める力の内容なのでしょう。そして、それが有効に働く場なのが当時のアメリカ社会のイメージということになります。「女のチャーム」が「働く世界」だと葉子は他の箇所で考えていました。その「チャーム」の言い換えられた表現ということになります。答えは「c 才能と力量」です。

（B）どのような「生活」が「そこ」＝「アメリカ」「にはあるに違いない」と葉子は考えたのでしょうか。しかし、「女のチャーム」と結びつくのは「事業」といった、具体的かつ限定的な事柄でもないと思われます。「生活」への期待ということを考えると、答えは「b 自分の周りの人に認めさす」となると思います。

（C）アメリカの社会を、葉子はどのような「社会」と考えているのでしょうか。これもまた、葉子がすでに望んでいる、アメリカ社会での新生活で十分に「働く」「女のチャーム」と結びつくものを考えてみましょう。答えは「a 交際」です。

しかし、アメリカ社会での新生活で主人公葉子が望んだことは、当時のアメリカ社会に対する十分な理解によるものではありませんでした。社会や状況を十分に理解できる女性、そのための知識を持ち合わせている女性としては造形されなかったのです。そこに葉子の悲劇があったのです。

また、葉子の婚約者でもある木村は、先にアメリカに渡り、そこでかなりの苦労を重ねて働いたようです。「事業」の「失敗」やさらなる「計画」を彼は述べていました。でも、たとえば、アメリカ社会での人種差別とそこからの労苦についてはどこにも書かれてありません。作家有島武郎は、アメリカ留学の経験やヨーロッパ訪問の経験があります。恐らく、留学中に日常の差別的な出来事を見聞きし、実際に差別されることをも経験したのではないでしょうか。しかし、「或る女」の中では、そうしたリアルなアメリカ社会の様子は葉子の知識にも、木村の経験の中にも、まったく描かれていないのです。歴史を振り返るとすぐにわかりますが、アメリカに差別が無かったなんてことはありませんでした。このことを取り上げても、葉子がどのように造形されたかを知ることができるでしょう。

## ● Lesson 2

人種差別というリアルなアメリカ社会の様子を取り込まないことで表現できた葉子像とはどのようなものなのでしょうか。次の1〜5の中から適当なものを一つ選びなさい。

1　人種差別も辞さない徹底した差別主義者の葉子像
2　さまざまな苦労を経て社会正義に目覚めた葉子像
3　白人に近い特権的階級としての日本人女性葉子像
4　アメリカ社会で差別される貧困層としての葉子像
5　男性原理の日本の近代社会から呪縛される葉子像

葉子がアメリカの生活で想像していたのは、先にも引用しましたが、「女のチャームというものが、習慣的な絆から解き放たれて、その力だけに働く事の出来る生活」（十一）です。有色人種は差別されることがあるということであれば、こうした葉子の夢は、生まれなかったかもしれません。でも、葉子の夢が表現しているものは何でしょうか。葉子は、「自分が見付けあぐねていた自分というものを、探り出して見よう」（十六）としていました。これは、「白樺」派だけでなく、近代日本文学が主題のひとつとした、近代的自我あるいは自己の確立への願いです。近代日本人である葉子もまた、「自分というもの」を求めていたのでした。しかし、葉子には、そこに女性という要因を重ねられることで、日本の近代社会が持っていた、女性差別という病理が描き出されることになったのです。アメリカへの期待も、その近代日本の病理の中で葉子を苦しませるために、その期待のままで終わらせなければなりませんでした。「女というものが日本とは違って考えられているらしい米国で、女としての自分がどんな位置に坐る事が出来るか試して見よう」と葉子は考え、「そこでは自分は女王の座になおっても恥しくない程の力を持つ事が出来る筈なのだ」（十六）と思うからこそ、日本の近代社会、つまりは男性原理の社会を葉子はただ呪いつづけることができるのです。

この問に対する解を、「5　男性原理の日本の近代社会から呪縛される葉子像」としておきたいと思います。アメリカでの人種差別が組み込まれていれば、葉子の夢はすぐさま相対化されてしまいます。でもこの作品は、多くの同時代文学がそうであったように、近代日本の社会批判が前提となっているのですから、葉子の期待はそのままでなければならず、結果、アメリカに上陸することもなく彼女は帰国することになったのです。

※本文中の引用は、有島武郎『或る女』新潮文庫（新潮社、1995年）による。

Genre 外　国

レッスン ③

# 森鷗外「舞姫」

小説「舞姫」を森鷗外が発表したのは、ドイツ留学から帰国した2年後の、1890年1月のことでした。鷗外が文学者としても活躍する源泉となったのは、このドイツ留学時代での教養であったと思われます。それと同時に、この「舞姫」をはじめとして、最初期の創作活動の材料もまた、このドイツ留学時代に手にしたようです。なによりも、この小説の主人公太田豊太郎は、鷗外自身の私的な生活と重なるところもあるようで、読者としてもそうした関心を向けることが多いようです。事実、鷗外の帰国後すぐに作中人物エリスを連想させるドイツ女性が、彼のもとへ来日するという出来事も起きました。

さて、この「舞姫」は、太田豊太郎が帰国の途で、ドイツ留学を回想するところから始まります。ドイツ留学によって、これまでは「官長」の「所動的、器械的の人物にな」っていた彼が、「自由なる大学の風に当りたればにや、心のうちなにとなくおだやかならず、奥深くひそみたりしまことの我は、ようよう表にあらわれて」きたことを自覚したというのです。そして、他の留学生たちとも違和感が生まれてきます。みんなと疎遠になってきた頃、貧しい生活を強いられている美しい舞姫の少女エリスと出会い、やがて「愛」に陥っていくことになりました。しかしその様子は留学生たちの間にも広まり、やがて官長は彼の「官を免じ」、「職を解いた」のです。異国の地で太田豊太郎は、友人相沢の助けもあって、新聞社の通信員となり、「エリスと余とはいつよりとはなしに、有るか無きかの収入を合わせて、憂《う》きがなかにも楽しき月日を」過ごすことを選びました。しかし、その友人相沢の計らいで、再び官職に着いて帰国できる機会を手にした豊太郎は、エリスとの別れを避けることができませんでした。

日本人留学生である太田豊太郎とドイツ女性エリスとの出会い、そして彼らの交流は、この物語の異国情緒にあでやかな花を添えています。エリスは「すぐれて美なり」とあり、さらに「乳《ち》のごとき色の顔は燈火《ともしび》に映じて薄紅《うすくれない》をさしたり。手足のかぼそくたおやかなる」とあります。そんな少女が泣いている場に豊太郎は出くわしたのです。そして、その困窮した事情を聞き、救いの手を彼女に差し伸べたのでした。その後の「余とエリスの交際は、このときまではよそ目に見るより清白なりき」として、その「交際」を続けています。

エリスとの「交際」では、「幼きときより物読むことをばさすがに好みしかど、手に入るは卑しき『コルポルタアジュ』と唱うる貸本屋の小説のみなりしを、余と相識《あいし》るころより、余が借《か》しつる書を読みならいて、ようやく趣味をも知り、言葉の訛《なま》りをも正し、いくほどもなく余に寄するふみにも誤り字少なくなりぬ」と、彼女の変化を紹介しています。豊太郎はエリスに本を貸し与えて、彼女のいわゆる教養を高めていったのです。それぱかりか、「言葉の訛《なま》り」や誤字を正していきます。これが事実だったのかどうかは別にして、文化文物の規範的な知識を吸収した明治期のエリートの姿が照らし出されています。

---

## ● Lesson 1

エリスとの「交際」について、彼女の変化のすぐ後に「かからば余ら二人の間にはまず（　　　）の交わりを生じたるなりき」と結びました。この（　　　）に入るのに最も適当な語句を、次の1～5の中から選び、記号で答えなさい。

1　水魚　　　　4　管鮑《かんぽう》

2　刎頸《ふんけい》　　　　5　君子

3　師弟

---

太田豊太郎は、エリスに教養を高める本を読ませて、言葉の訛りを直します。そのような関係を示す表現を考えてみましょう。「1　水魚の交わり」は、切り離すことができない、ひじょうに親密な交際のことです。「2　刎頸の交わり」も「4　管鮑の交わり」もほぼ同じ意味で使います。この「刎頸の交わり」とは、中国の戦国時代の故事から生まれた成語で、お互いが首を斬られても後悔しない仲のことです。また「管鮑の交わり」とは、唐代詩人杜甫の詩でも有名ですが、史記にあるように利害を超えた親しい交際を意味します。「3　師弟の交わり」は、そのまま師弟関係を示します。「5　君子の交わり」は、「淡きこと水のごとし」と「荘子」にあり、君子の人との交わり方をひじょうにさっぱりしたものだとしています。むろん、ここの豊太郎の行動には、そうした象徴的な意味はなさそうです。エリスを教育しているその行為そのままに、ここでは「3　師弟の交わり」が適当でしょう。先に説明したように、文化文物の規範的な知識を吸収した明治期のエリートとしての太田豊太郎がここには描きだされたのです。

また、西洋的な恋愛《プラトニックラブ》という概念が、当時の日本人にまだ生まれていなかったためか、「師弟の交わり」という関係性の表現が、この「舞姫」では使われていたと考えることができます。では、こうした東洋人豊太郎と西洋人エリスとの恋愛という異文化が交流する場面は、さらにどのように表現されたのでしょうか。出会いの場面では、泣いているエリスに太田豊太郎が声をかけます。「驚きてわが黄なる面《おもて》をうち守りしが、わが真率なる心や色にあらわれた」からか、彼に信頼を寄せたようです。そして、東洋人である豊太郎は「黄なる面《おもて》」でその黄色人種であることを明確にしています。こうした率直な表現に、作家の西洋コンプレックスがあまり感じられません。もちろん作家ならずとも、東洋も西洋も、単純に一元化できない、さまざまな問題を含んでいることは承知の上です。そして、この表現を前提として、豊太郎との子どもが生まれると知った時のエリスの喜びというものが、異文化交流の中での素直な喜びとしても表現されていると思います。

---

● **Lesson 2**

　豊太郎との子どもが生まれると知った時に、エリスが喜んで「わが心の楽しさを思いたまえ。産まれん子は君に似て(　　)をや持ちたらん。」といいました。この(　　)に入るのに最も適当な語句を、記しなさい。ただし、身体の一部で、かつ色を持つものです。

---

読み手側でのステロタイプ化した東洋対西洋イメージは、まず東洋は黒い髪かあるいは黒い瞳でしょう。それに対して、アングロサクソン系は金髪で青い目が多いかと思います。この髪か瞳かどちらかを区別する根拠となるのは、その後に続く「持ちたらん」でしょうか。瞳や目を持つということですね。また、もっとも対比的な姿になるのは目ではないかと思います。ここの（　　）に入る語句は、出典そのままの表現ですと「黒い瞳子《ひとみ》」となります。エリスの「楽しさ」に、西洋批判の可能性があることも含み持ちながら、ここでは物語の顚末を確認することにしましょう。

この「舞姫」が近代日本文学の名作と評価されてきた理由はどこにあるのでしょうか。この作品は、幾つかの日本文学全集に収録されているだけでなく、高校の国語の教科書にも掲載されることもありました。また、複数の出版社の文庫本にも収められていて、映画化も一度や二度ではありません。こうした拡がりは、もはや国民的な文芸作品のひとつと呼んでもいいかと思います。ただ、この作品は、男が立身出世のために女を捨てる物語として、やや糾弾めいた目を向けられることもあるかと思います。確かに、近代日本社会では立身出世主義を多くの男たちは手にしてきました。その出世に結びつく帰国とエリスとの生活の間で揺れる優柔不断な豊太郎が描かれていました。しかし、友人相沢が豊太郎の帰国の件をエリスに話してしまいます。その話によって、エリスは発狂してしまいました。豊太郎は、自らの意思と決断によってではなく、エリスの発狂によって立身出世の道を選択することになります。エリスを看病することも選択できたにせよ、どちらかといえば、男にとって都合のいい別れの設定がありました。そして先に指摘したように、エリスとの師弟の交わりという文化文物の規範的な知識を吸収したエリートからの愛情のスタイルに、当時の学生書生は共感あるいはあこがれを抱いたのではないかとも思います。加えて、明治期には地方から出て来ての東京遊学は、かなりスケールダウンがあるにせよ、外国留学と似た環境があったと思われます。「舞姫」が発表されるほんの22年前の江戸時代までは、日本はたくさんの国の集合体だったのですから。

※本文中の引用は、森鷗外『舞姫・うたかたの記』角川文庫（角川書店、2008年）による。

Genre

# メディア

●

レッスン

① 村上春樹「ねじまき鳥クロニクル」

② 松本清張「顔」

③ 芥川龍之介「蜜柑」

Genre　メディア

レッスン　①

# 村上春樹「ねじまき鳥クロニクル」

電話は、近代以降に誕生したメディアを代表するものの一つといってよいでしょう。近代は世界を縮めることに腐心してきた時代です。時間を短縮化し空間を縮小化することで、世界を小さなものにしようとしてきたのです。鉄道や自動車は移動時間の短縮化を実現するメディアであり、またテレビは空間の縮小化に貢献しました。私たちはテレビの存在によって、遠く離れた場で起こっている出来事をリアルタイムで、まさに眼前で享受できるようになったのです。そして電話は、遠く離れた人間のコミュニケーションを可能にしたという点で、世界を縮めることに大きく貢献したメディアだったのです。

このように近代を代表するメディアである電話は、小説においてもとても重要な役割を果たしてきました。なかでも村上《むらかみ》春樹《はるき》にとって電話は、単なる小道具にとどまらず、物語を紡ぎ出す上で必要不可欠のモチーフになっています。仏文学者の鈴村和成が、「確かに村上春樹の電話の宇宙というものがあるのである」(「ハルキ・グラモフォン」『群像日本の作家26　村上春樹』小学館、1997年）と指摘していますが、村上春樹の物語のそここここで、電話は鳴り響きます。

なぜ村上春樹にとって電話が重要なのか。そのことを示唆する一節が、「海辺のカフカ」（2002年）に見られます。

ふと思いついて、リュックの中から父親の携帯電話をとりだす。電源を入れ、ためしに東京の家の番号を押してみる。すぐに呼び出し音が聞こえる。700キロ以上離れたところなのに、まるでとなりの部屋に電話をかけているようなくっきりとした呼び出し音だ。その思いがけないほどの鮮やかさが僕を驚かせる。

電話は「700キロ以上」の距離を「となりの部屋」にしてしまうメディアです。電話によって距離は失効し、遠さと近さが矛盾なく併存してしまいます。遠いけれど近い、近いけれど遠い、そうした場を電話は開示するのです。「僕らは現実を現実としてつなぎとめておくために、それを相対化するべつのもうひとつの現実を―隣接する現実を―必要としている」と「国境の南、太陽の西」（1992年）の主人公の「僕」は語っていました。ここの「もうひとつの現実」とは異世界のことではありません。「もうひとつの現実」があくまでも現実であることに踏みとどまるからこそ、村上春樹の小説は夢見がちなファンタジーとは一線を画したものになっているのです。そしてこの「もうひとつの現実」を最も象徴的に開示するのが、電話というメディアなのです。電話の開示する場は、電線や電波が交差するところに生成する、現実的な場でもあるからです。

さて、Lessonです。「ねじまき鳥クロニクル」(1994年) の冒頭部です。この長大な物語もまた、村上春樹らしく電話から始まります。「僕」が口笛で吹いていた、ロッシーニの「泥棒かささぎ」の序曲は、ベルの音にかき消されてしまいます。「僕」は仕事の電話かもしれないと思い、受話器を手に取ります。女性の声です。「十分間、時間が欲しいの」と唐突に口走ります。が、それは「知らない声」でした。「僕」は礼儀正しく「どちらにおかけですか？」と尋ねます。

---

## ● Lesson 1

次の会話で「女」は、なぜ「僕」に向かって「十分」でわかりあえるといったのでしょうか。電話というメディアの特性をふまえて説明して下さい。

「あなたにかけているのよ。十分だけでいいから時間が欲しいの。そうすればお互いよくわかりあえることができるわ」と女は言った。低くやわらかく、とらえどころのない声だ。

---

「電話は、離れた場所にいる複数の人間の間で、声によるコミュニケーションを可能にするメディアである」と同時に、「通話する二人を対面的な対話に類似した、近い、身体的に隣接した場所に身を置くことになる」という社会学の論があります。つまり、「電話で話すとき、人は周囲の他者からの介入が一切排除された状態で、二人だけのささやき合いの世界に入り込む」のです（吉見俊哉・若林幹夫・水越伸『メディアとしての電話』弘文堂、1992年）。これは「ねじまき鳥クロニクル」における電話を考える時に、大いに参考になる指摘です。電話での対話は、対話する2人を一挙に「ささやき合いの世界」に招き入れてしまう、したがって電話のメディア的特性を理解している「女」は、十分あれば「よくわかりあえる」といったのです。

しかし、これは「ねじまき鳥クロニクル」の冒頭部だけの解釈に過ぎません。冒頭部以外でも電話は大活躍です。いや、電話だけではありません。「ねじまき鳥クロニクル」には、パソコン通信も登場します。パソコン通信、そしてインターネットなどの電子空間がどのような場を開示するのか、そうした切実な問題を、村上春樹の作品を読むことで考えてみることもできます。また、現代の生活で欠かすことのできないものとなった携帯電話に関していえば、このメディアは電話とは異なる特性を持っています。村上春樹の作品で、携帯電話と電話がどのように使い分けられているのかも、ぜひ探ってみて下さい。

手紙、電話、パソコン通信、ラジオ、映画、テレビ。村上春樹はありとあらゆるメディアを活用しつつ、コミュニケーションとは何かを問い続けています。その問いかけは、ほかならぬ読者である私たちに向けられているのです。

※本文中の引用は、村上春樹『ねじまき鳥クロニクル　第1部　泥棒かささぎ編』新潮文庫（新潮社、1997年）による。

Genre メディア

レッスン ②

# 松本清張「顔」

メディアという観点から小説について考えようとする時、松本清張ほど興味深い存在はいません。清張は、さまざまなメディアを効果的に活用することに長けた、比類ない小説家でした。

今回取り上げる「顔」は、1956（昭31）年8月の「小説新潮」に掲載された短編です。

「顔」の中心人物である井野良吉は白揚座という劇団に属する劇団員です。まだ若く新人であるにもかかわらず、彼のもとに映画「春雪」に出演しないかという話が舞い込んできました。彼にとってはチャンスです。しかしその刹那、彼の胸に去来したのは喜びではなく「ある冷たい不安」でした。心配そうな井野の顔を見て劇団のマネージャーは、「映画は芝居と違って、数カットずつ割ったコマギレの演技だから」「大丈夫だよ」と元気づけます。しかし彼の「不安は、もっと別なもの」、「もっと破滅的なこと」でした。

井野良吉は9年前に、「大衆酒場の女給」をしていたミヤ子という女性を殺害しました。井野は、殺害の場所と決めてあった温泉にミヤ子とともに赴くのですが、京都行きの山陰線の車中で、偶然ミヤ子の客だった男に遭遇します。その男、石岡貞三郎は「窓の方を向いて知らぬ顔をして煙草をくわえていた」井野の顔を「それとなくじろじろ見ました」。すなわち石岡は、ミヤ子を殺害した犯人を唯一目撃した人物だったのです。井野はミヤ子との付き合いを誰にも知られないようにしていたため、幸い捜査の手が井野に及ぶことはありませんでした。だが、彼は石岡の眼差しを恐れ続けています。いつか石岡が、自分の目撃した顔が井野良吉の顔であることに気づくのではないかと、不安に苛まれながら9年間生きてきたのです。映画出演の話は、そうした心理状態にあった井野のもとに舞い込んだものでした。

---

## ● Lesson 1

井野良吉は、演劇と映画をまったく異なるものと認識しています。だからこそ井野は前者には恐れを抱かずに出演し、後者に出ることには不安を、おのれの「破滅」に追い込んでしまう可能性を感じ取ります。では井野を不安にさせる、映画というメディアの特徴とは、いったいどのようなものだったのでしょうか。

---

まず井野良吉の日記を見てみましょう。井野は、次のように映画出演への不安を書き付けていました。

〝春雪〟の撮影がはじまった。芝居だと平気でやってきたのに、映画だとこんなに気がかりになって落ちつかない。理由はわかっている。〝白揚座〟の公演は都内だけの小さな観客層が相手だった。映画は全国の無限の観客層が相手なのだ。誰が観るかわからない。

井野は、映画というメディアが潜在的に有している観客の数に、恐れを抱いています。たしかに映画というメディアは、白揚座の「小さな観客層」とは比較にならない「無限の観客層」を可能にします。しかしそれだけではありません。興行可能な地域も格段に広がります。白揚座の興行地域は都内に限定されます。しかし、映画は全国規模で展開することが可能です。

こうした演劇と映画の相違は、複製可能か否かという特性に由来します。複製不可能であるがゆえに、演劇は〝今ここ〟という一回性に縛られます。同時期に複数の場所で同じ公演することは不可能です。だが、複製芸術である映画は、〝今ここ〟という束縛を、いともたやすく克服してしまいます。複製されたフィルムさえあれば、同時期に全国至る所で同じ映画を上映することは簡単なことです。それゆえ、スクリーンに投影された井野の顔の像は、「無限」の人に見られてしまう可能性を宿すことになります。むろん九州に住む石岡貞三郎が映画を観る可能性も充分にあるわけです。〝今ここ〟に存在しているだけであったはずの井野固有の顔は、〝今ここ〟という呪縛から解き放たれた像となることで、ありとあらゆる場所で増殖し続けます。〝今ここ〟に存在し、自ら手で触って確認することもできる自分の顔が自分の手から離れ、制御不可能な像として浮遊していくことに、井野は畏怖を抱いたのだともいえましょう。

以上は、井野の日記から読み取ることのできる演劇と映画の違いです。しかし、今一つ、井野が意識することのできなかった映画というメディアの特性が、井野を窮地に追い込むことになるのです。

演劇と映画の決定的な差異は眼差しに由来します。演劇はあくまでも肉眼によって見られます。観客は、舞台の上で生起する出来事を一貫して自らの眼、〝人間の眼差し〟によって把握します。むろん映画にあっても、観客はスクリーンに投影される像を自分の眼で認識します。だがここで、映画においては、観客の把捉する対象が、あくまでも像であることを想起すべきでしょう。それはカメラが捉えた現実の表象を、映写機という光学装置によって白いスクリーンに投影することで生成する像なのです。望遠鏡や顕微鏡などを想起すればたやすく理解できることですが、カメラは人間の眼では認識不可能なものまで認識可能なものにしてしまいます。〝カメラの眼差し〟は、〝人間の眼差し〟とは決定的に異なるものなのです。

事実、石岡貞三郎の〝人間の眼差し〟は目の前にある井野良吉の顔を識別することができませんでした。井野と石岡は京都の旅館の食堂で偶然相席することになるのですが、井野が驚きのあまり「ぶるぶる慄え」、動揺を押し隠すことができなかったのと対照的に、「五尺も離れぬところ」で井野の「正面にこちらを向いてすわっている」石岡は、眼前の男がミヤ子とともにいた男の顔であることにまったく気づきません。石岡の眼差しをコントロールしている意識は、井野の顔を既知のものと判断することができなかったのです。しかし石岡は、井野が準主役として出演した「赤い森林」という映画を観に行き、井野の顔の像を眼にして、次のような「疑惑」に囚われることになります。

窓を見ている井野良吉の顔。煙草をくわえている。戸塚あたりの景色。

窓の方を見て横顔を見せている井野良吉。……おれははてなと思った、どこかで見たぞ。これは。

夢でない。ずっと前にあった。［中略］

大写しの井野良吉の顔。

窓をじっと見ている彼の横顔。煙草の煙がうすく舞って、彼の眼に滲みる。彼は眼を細めて眉根に皺を寄せる。その表情。顔！

井野良吉の顔が「大写し」の像となっていることに注意して下さい。ヴァルター・ベンヤミンというドイツの批評家は、「複製技術時代の芸術作品」（『ベンヤミン・コレクション1』ちくま学芸文庫）という有名なエッセイで、映画におけるクローズ・アップに着目して、次のように述べていました。

拡大撮影というのは、〈これまでも〉不明確になら見えていたものを、たんに明確にすることではなく、むしろ物質のまったく新しい構造組成を目に見えるようにすることである。

続けてベンヤミンは、〝カメラの眼差し〟によって「人間によって意識を織りこまれた空間の代わりに、無意識が織りこまれた空間が立ち現れるのである」とも指摘しました。こうしたベンヤミンの言葉は、「顔」の見事な解説となっています。「赤い森林」のカメラは、井野の顔の「まったく新しい構造組成」を露わにする像を提示し、それを石岡の無意識が受け止め、記憶の奥底に眠っていた顔が浮上することになったのです。

クローズ・アップで撮られた「大写し」など、21世紀の今日では、驚くに足りないものと思われるかもしれません。いや、「顔」が発表された当時にあっても、それが映画の全盛期であったことに鑑みれば、「大写し」などはありふれたイメージでしかなかったでしょう。しかし「顔」は、その凡庸なイメージが驚くべき像であることを明示します。「顔」によって私たちは、〝人間の眼差し〟以外の眼差しが、この世界に存在しているという事実に気づくことができるのです。

松本清張の作品は、メディアのそれまで見過ごされていた側面を、しばしば露わにします。したがって、インターネットやケータイといった電子メディアに取り囲まれ、日々溢れんばかりのヴァーチャル・リアリティと接する私たちにとって、松本清張はますます意義深い小説家となっていくことでしょう。清張の作品をエンターテイメントとしてのみ消費するのではなく、たとえばメディア批評の一環として読むという視点を持つことも、また大切なのです。

※本文中の引用は、松本清張『張込み』新潮文庫（新潮社、1965年）による。

Genre メディア

レッスン ③

# 芥川龍之介「蜜柑」

メディアとは、ごく簡単にいうならば、Aと非Aを結びつけ、情報を伝達する媒体のことです。そして文学とメディアの関わりについて考えようとするなら、ふたつの視点が思い浮かびます。ひとつは小説を伝達する媒体としてのメディアです。紙の書物や電子書籍が、その代表です。小説がどのようなメディアによって読者のもとに届けられるのか、それは文学を考えるうえでとても重要な視点となります。この点については、たとえば紅野謙介『書物の近代』(筑摩書房、1999年)などが参考になります。他方、近代に誕生した小説が、同じく近代に次から次へと発明されるさまざまなメディアと、どのような関係を取り結んできたかを見ていく方法があります。ここでは、後者の視点に従って、文学とメディアの関わりについて考えていくことにしましょう。

それではLessonです。取り上げるのは芥川龍之介の「蜜柑《みかん》」です。1919(大8)年5月の「新潮」に、「私の出遇った事」という総題のもとで、「沼地」とともに発表された短編です。

## ● Lesson 1

次の一節の中でメディアとして登場しているものは何でしょうか。またそのメディアが結びつけているものを「AとB」という形であげてみて下さい。

ある曇った冬の日暮《ひぐれ》である。私《わたくし》は横須賀発上り二等客車の隅に腰を下して、ぼんやり発車の笛を待っていた。とうに電燈のついた客車の中には、珍らしく私のほかに一人も乗客はいなかった。外を覗くと、うす暗いプラットフォオムにも、今日は珍しく見送りの人影さえ跡を絶って、ただ、檻に入れられた小犬が一匹、時々悲しそうに、吠え立てていた。これらはその時の私の心もちと、不思議なくらい似つかわしい景色だった。私の頭の中には云いようのない疲労と倦怠《けんたい》とが、まるで雪曇りの空のようなどんよりした影を落としていた。私は外套《がいとう》のポッケットへじっと両手をつっこんだまま、そこにはいっている夕刊を出して見ようと云う元気さえ起らなかった。

が、やがて発車の笛が鳴った。私はかすかな心の寛《くつろ》ぎを感じながら、後《うしろ》の窓枠へ頭をもたせて、眼の前の停車場がずるずると後《あと》ずさりを始めるのを待つともなく待ちかまえていた。ところがそれよりも先にけたたましい日和下駄《ひよりげた》の音が、改札口の方から聞え出したと思うと、間もなく車掌《しゃしょう》の何か云い罵《ののし》る声と共に、私の乗っている二等室の戸ががらりと開いて、十三四の小娘が一人、慌《あわただ》しく中へはいって来た、と同時に一つずしりと揺れて徐《おもむろ》に汽車は動き出した。一本ずつ眼をくぎって行くプラットフォオムの柱、置き忘れたような運水車、それから車内の誰かに祝儀の礼を云っている赤帽――そう云うすべては、窓へ吹きつける煤煙の中に、未練がましく後《うしろ》へ倒れて行った。私はようやくほっとした心もちになって、巻煙草《まきたばこ》に火をつけながら、始めて懶《ものう》い睚《まぶた》をあげて、前の席に腰を下していた小娘の顔を一瞥《いちべつ》した。

---

「蜜柑」の冒頭です。ここでメディアとして登場しているものは、いったい何でしょう。

もちろん第一段落末尾に出てくる「夕刊」はメディアです。新聞は近代におけるメディアの代表的なものでした。ラジオやテレビが普及する以前、マスメディアといえばまず新聞だったのです。事実「蜜柑」においても、「夕刊」はメディアとして機能します。憂鬱な思いから解き放たれない「私」は「夕刊」を広げます。そして語り手は「夕刊」に載っている「余りに平凡な出来事」を列挙します。死亡広告、汚職事件、そして第一次世界大戦の講和問題。「夕刊」は「私」に、その日の出来事を伝える媒体として機能します。が、「夕刊」の役割はそれだけではありません。「蜜柑」における「夕刊」は、「私」の憂鬱な心象と世相の関わりを読者に示唆するメディアとしての役割も果たしています。すなわち物語内における新聞は、作中人物が身を置いている社会的状況を読者に伝達する媒体としての役割も果たしていたのでした。

しかし、この一節で注目したいメディアは、実は「夕刊」ではありません。新聞以外にどのようなメディアが登場していたか、気づくことができたでしょうか。

「私」が乗っている「汽車」、それもまたメディアとしての機能を有していたのです。鉄道はある場所とある場所を媒介し、また人や物を伝達する、近代においてとても重要な役割を果たしたメディアだったのです。1872年に新橋・横浜間に開設されて以来、鉄道は近代を象徴するメディアでした。たとえば夏目漱石の「草枕」(1906年)で語り手の「余」は、「汽車論」を展開し「汽車ほど二十世紀の文明を代表するものはあるまい」と述べ、汽車を「文明の長蛇」と名づけています。

では、「私」が乗った汽車は何と何を媒体するメディアだったのでしょう。引用部分の冒頭を読み直して下さい。「横須賀発上り」とあります。したがって「私」の乗る汽車は、横須賀と東京を結ぶ媒体であることがわかります。また当時、横須賀に海軍工廠《こうしょう》が置かれていたことを想起するのなら、汽車は帝都・東京と海軍の都市を媒介するメディアでもありました。第一次世界大戦の講和問題が取り沙汰されていたという「夕刊」の伝える情報に鑑みるのなら、海軍都市から帝都へと向かう横須賀線に担わされている象徴的な意味合いを考えてみたくもなります。戦争と日常を媒介するメディア、日常に戦争をもたらすメディア。思い切ってそんな風に考えてみても、あながち間違いとはいい切れないでしょう。また、当時作者の芥川龍之介は鎌倉に下宿して、横須賀の海軍機関学校に教師として勤務していました。こうした作者の伝記的事実を重視するのなら、横須賀線は海軍都市と古都鎌倉を結ぶメディアとしても捉えられることとなります。

しかし、「蜜柑」において鉄道が媒体として果たす役割は、場所と場所を媒介することにとどまりません。「私」と「小娘」を遭遇させる媒体となっていることを忘れてはならないでしょう。この「小娘」については引用部に続いて、「服装が不潔」で「下品な顔だち」の「いかにも田舎らしい娘」であり、ただでさえ鬱々としている「私」をいっそう「不快」にしたと述べられています。くわえて娘が握りしめていたのは、「三等の赤切符」でした。「私」は「二等と三等との区別さえも弁えない愚鈍な心」に苛立ちます。

先に紹介した「草枕」の「汽車論」で、「余」は「汽車ほど個性を軽蔑したものはない」と述べていましたが、「余」の語る通り、「個性の発達」を推進する近代は、他方で個人と個人の差異を無に帰する汽車をもたらしたのです。

二等の客車に座る「私」と三等の切符を握りしめる「小娘」との間には、さまざまな差異が横たわっています。貧／富、女性／男性、子ども／大人、田舎／都会、庶民／知識人…。しかし、そうした属性の相違に関わらず、遭遇するはずのない人間と人間を出会わせてしまうのが、「個性を踏み付けようとする」（「草枕」）メディアとしての汽車だったのです。汽車という媒体があって、はじめて相容れない属性の出会いが可能となり、「蜜柑」の物語が生み出されたのです。

鉄道（汽車）というメディアに注意を払いつつ、文学を読み直してみてはいかがでしょう。そして鉄道が何と何を結びつけ、どのような出来事をもたらしているかということに着目してみると、これまでと違った作品の姿がきっと浮かび上がってくることでしょう。

※本文中の引用は、『芥川龍之介全集　3』ちくま文庫（筑摩書房、1986年）による。

Column

# 書店という場

書店とは、ただ本を売っているだけの商店ではありません。「新しい知」との出合いの場であり、人と人とのコミュニケーションの場なのです。そして、このような特徴は、明治期から続いています。

たとえば、1869年創業の丸善《まるぜん》という書店があります。この書店は洋書を多数輸入しており、また、万年筆からバーバリーのコートまで、欧米の新文化を輸入する「商社」でもありました。近代日本の作家たちは、「新しい知」を吸収するために、丸善へと足を運んでいます。その様子を、作品の中から少し取り出してみましょう。

私は半日を丸善の二階で潰す覚悟でいた。私は自分に関係の深い部門の書籍棚の前に立って、隅から隅まで一冊ずつ点検して行った。（夏目漱石「こころ」）

そして、丸善を舞台にした小説もあります。梶井基次郎の「檸檬」（1925年）です。この作品を読むと、「書店という場」の魅力をさらに感じることができるはずです。

# 文学を楽しむ ——あとがきにかえて——

Lessonはいかがでしたか。もちろんLessonなどなくても、小説を楽しむことはできます。しかし本書では、いくつものLessonをあえて用意しました。まだ小説を読む楽しさを味わったことがないという人に、小説を楽しむためのヒントを手にしてもらいたかったからです。Lessonを通して、小説に関心を持ってもらえたのなら、これ以上の喜びはありません。みなさんには、これからたくさんの小説を手に取ってもらいたいと思います。いや、小説だけでなく詩や短歌や俳句など、小説以外の文学作品にも手を伸ばして下さい。本書をきっかけに、みなさんが読むという楽しみに目覚めたのなら、私たちの試みは成功したといってよいでしょう。

小説は、さまざまに読み、楽しむことができます。好きな場面だけをくりかえし味わうこともできますし、映像化された作品と比較しながら解読することも、また面白いものです。作者その人の人生や思想を知れば、作品の生まれた背景を意識しながら、表現を読み解くこともできます。

本書では、なるべく小説の表現にこだわり、Lessonを作りました。教養や知識などがなくても、小説は楽しめるということを伝えたかったからです。そして読み方のこつを伝え、さらに小説の解釈はひとつではないと示すことに努めました。読み方のこつは、これからみなさんが小説を楽しもうとするときに、最も応用が利くものです。また解釈は多様であるという前提は、小説を楽しもうとするときに、とても大切なことです。小説には正解は用意されていません。入試問題やマニュアル本とは違うのです。小説は、どのようにも楽しめる表現の織物なのです。

以下に、より専門的に文学を楽しもうとするときに、参考になる本を紹介します。文学作品を読み解くための、さまざまな理論や知識が紹介されている本です。実は本書でも、Lessonや解説は、文学に関する理論を念頭に書かれています。しかし理論そのものを紹介したり、難解な専門用語を使ったりすることを、私たちはできるかぎり避けようとしました。本書を、入門のための入門にしたいという思いからです。ですから、もし本書を読み終え、より高度に文学を楽しみたいと思ったのなら、次にあげる本を見て下さい。これらの本は、きっとみなさんをより豊かな世界に導いてくれるはずです。

**1、大橋洋一編『現代批評理論のすべて』(新書館、2006年)**

文学作品を読むのに必要とされる理論が、わかりやすく網羅されています。巻末に付いている「入門書ガイド」と「参考文献」も、参考になります。

**2、前田愛『文学テクスト入門』(ちくま学芸文庫、1993年)**

文学を理論的に読み解くテクスト論について、わかりやすく説明してあります。また、都市に着目して文学を読み解いた『都市空間のなかの文学』(ちくま学芸文庫)、文学における読者の重要性を説いた『近代読者の成立』(岩波現代文庫)など、前田の著作はいま読んでも面白いものばかりです。

**3、柄谷行人『日本近代文学の起源』(講談社文芸文庫、2009年)**

1980年に出版された同書は、それ以降の文学研究や批評のあり方を決定づけてしまいました。その影響力は、いまだに衰えていません。本書でジャンルとして掲げた「恋愛」「自然」「学校」などは、この本を参考にしたものです。改稿を施された定本版も岩波現代文庫から出ています。

**4、千葉俊二/坪内祐三編『日本近代文学評論選【明治・大正篇】』『日本近代文学評論選【昭和篇】』(岩波文庫、2003〜2004年)**

明治から1950年代までに書かれた文学評論が収められています。それぞれの時代に編み出された批評理論を知ることもできますし、批評理論の歴史的変遷を概観することもできます。また近代文学史の概略を把握する際にも簡便な本です。

**5、鹿野政直『近代国家を構想した思想家たち』(岩波ジュニア新書、2005年)**

近代において文学が生み出されていったとき、その背景にどのような思想が育まれていたのかを知ることは大切です。同じ著者による『近代日本思想案内』(岩波文庫)も参考になります。また『現代日本女性史』(有斐閣)、『健康観にみる近代』(朝日選書)、『兵士であること　動員と従軍の精神史』(朝日選書)は、女性や身体や戦争という観点から文学作品を読み解こうとするときに、大きな示唆を与えてくれるはずです。

**6、世相風俗観察会編『増補新版　現代世相風俗史年表』(河出書房新社、2009年)**

本書でもファッションをジャンルとして取り上げましたが、文学を読むときに、同時代の風俗を知っていると、その世界をいっそう親しく感じられるようになります。この本では1945年から2008年までの風俗が紹介されています。ひとつひとつの項目は、読み物としても楽しめるものとなっています。明治から戦前までの風俗を扱ったものとしては、たとえば『知っ得 明治・大正・昭和風俗文化誌―近代文学を読むために』(学燈社)があります。他に森永卓郎監修『物価の文化史事典』(展望社)は、明治から平成にかけての物価の変遷を見るときに、使いやすい事典です。

**7、江藤茂博『映画・テレビドラマ原作文芸データブック』(勉誠出版、2005年)**

現代において文学を楽しもうとするときに、映像作品を無視することはできません。両者を比較することで、読む技術も洗練されていきますし、言葉と映像の違いも意識できるようになります。本書は、小説を原作にした、映像作品を整理したもので、映画はもちろん、テレビドラマも網羅されています。また、『映画で見る日本文学史』(岩波ホール編)は、資料としても参考になる一冊です。

**8、関川夏央・谷川ジロー『「坊っちゃん」の時代』（双葉文庫、2002年）**

小説を楽しむために、小説家に興味を持つことは大切な一歩です。とりわけ難しそうな明治時代の小説を読もうとするときに、明治の文豪たちの生き生きとした姿を知っていれば、大きな助けになります。『「坊っちゃん」の時代』というマンガは、夏目漱石や森鷗外らが生きた時代を活写した傑作です。また新潮社から出ている『新潮日本文学アルバム』は、写真を通して、文学者の姿を伝えてくれます。気になった作家のアルバムを手に取ったら、きっとその作品を読みたくなることでしょう。

以上、入手しやすい参考文献を中心にあげました。しかし私たちが願うのは、みなさんが文学作品そのものを手にすることです。参考文献を片手に〝お勉強〟するのでなく、作品そのものを楽しんでもらいたいと思います。本書が、文学を楽しむための第一歩の、ささやかなお手伝いになることを願っています。

本書を作ることは、予想外に難しい作業でした。何度も何度も会議で話し合ったのですが、会議を重ねるごとに、文学の楽しさをわかりやすく伝えることの難しさを、私たちは思い知りました。そうして、ややもすると方向性を見失いそうになったのですが、その都度私たちを導いてくれたのが、編集の飛鳥勝幸さんでした。独りよがりになりがちだった私たちは、飛鳥さんとの対話を通して、文学を伝える言葉を鍛え直していけました。心から感謝の言葉を述べたいと思います。ありがとうございました。

# 編著者紹介

（担当章一覧）


## 江藤茂博　Eto Shigehiro

1955年生まれ。
現在、二松学舎大学文学部教授
担当：「学校」「家族」「外国」

## 小嶋知善　Kojima Tomoyosi

1955年生まれ。
現在、大正大学表現学部教授
担当：「戦争」

## 内藤寿子　Naito Hisako

1971年生まれ。
現在、駒澤大学総合教育研究部専任講師
担当：「恋愛」「ファッション」「病い」

## 山本幸正　Yamamoto Yukimasa

1972年生まれ。
現在、早稲田大学教育・総合科学学術院非常勤講師
担当：「自然」「異界」「メディア」

# 大学生のための 文学レッスン
## 近代編

2011年6月10日　第1刷印刷
2011年6月20日　第1刷発行

• 編著者
江藤茂博、小嶋知善、内藤寿子、山本幸正

• 発行者
株式会社 三省堂　代表者 北口克彦

• 印刷者
三省堂印刷株式会社

• 発行所
株式会社 三省堂
〒101-8371　東京都千代田区三崎町二丁目22番14号
編集 ☎(03)3230-9411　営業 ☎(03)3230-9412
振替口座　00160-5-54300
http://www.sanseido.co.jp/

落丁本・乱丁本はお取り替えいたします。

ISBN978-4-385-36430-8
〈文学レッスン　近代編・216pp.〉